KB123317

조선후기 통신사 필담창화집 번역총서 32

對麗筆語 · 桑韓鏘鏗錄 下

대려필어 · 상한장갱록 하

조선후기 통신사 필담창화집 번역총서 32

對麗筆語・桑韓鏘鏗錄 下

대려필어·상한장갱록 하

김형태 역주

보고사
BOGOSA

이 역서는 2008년도 정부재원(교육과학기술부 학술연구조성사업비)으로 한국연구재단의 지원을 받아 연구되었음(KRF-2008-322-A00073)

차례

◇ **영인자료**[우철]

일러두기

1. 통신사 필담창화집 번역총서는 제1차 사행(1607)부터 제12차 사행(1811)까지, 시대순으로 편집하였다.

2. 각권은 번역문, 원문, 영인자료(우철)의 순서로 편집하였다.

3. 300페이지 내외의 분량을 한 권으로 편집하였으며, 분량이 적은 필담창화집은 두 권을 합해서 편집하고, 방대한 분량의 필담창화집은 권을 나누어 편집하였다.

4. 번역문에서 일본 인명과 지명은 한국 한자음 그대로 표기하고, 처음 나오는 부분의 각주에 일본어 발음을 표기하였다. 그러나 번역자의 견해에 따라 본문에서 일본어 발음대로 표기를 한 경우도 있다.

5. 번역문에서 책명은 『 』, 작품명은 「 」로 표기하였다.

6. 원문은 표점 입력하였는데, 번역자의 의견에 따라 표기하는 것을 원칙으로 하였지만, 가능하면 한국고전번역원에서 정한 지침을 권장하였다. 이 경우에는 인명, 지명, 국명 같은 고유명사에 밑줄을 그어 독자들이 읽기 쉽게 하였다.

7. 각권은 1차 번역자의 이름으로 출판되었는데, 최종연구성과물에 책임연구원과 공동연구원의 이름이 반드시 들어가야 한다는 한국연구재단의 원칙에 따라 최종 교열책임자의 이름으로 출판되는 책도 있다.

8. 제1차 통신사부터 제12차 통신사에 이르기까지 필담 창화의 특성이 달라지므로, 각 시기 필담 창화의 특성을 밝힌 논문을 대표적인 필담창화집 뒤에 편집하였다.

대려필어

對麗筆語

대려필어(對麗筆語)

조일(朝日) 의료(醫療)의 전반적 비교와 조선의 풍속 관련 내용이 담긴 본격(本格) 의원필담(醫員筆談)

1748년 무진(戊辰)통신사가 일본을 방문했을 때, 일본 의원(醫員) 칸도우하쿠(菅道伯)가 6월 3일에 혼간지(本願寺)에서 조선의 제술관(制述官) 박경행(朴敬行) 및 양의(良醫) 조숭수(趙崇壽) 등과 나눈 필담을 정리한 책이다. 칸 도우하쿠는 자(字)가 이장(夷長)이고, 자호(自號)는 순양(純陽)이며, 에도(江戶) 출신 세습의(世襲醫)이다.

『대려필어』의 분량은 1권 1책인데, 『반형한담(班荊閑談)』의 부록 형식으로 만들어진 것으로서 말미의 간기(刊記)에 따르면, 1748년 6월에 에도(江戶)에서 출판되었다. 맨 앞의 서문(序文)은 1748년 6월에 유학자 다카노 이케이(高野惟馨, 1704-1757)가 쓴 것이다. 본격적인 필담의 서두에서는 1748년 5월에 조선 사신이 도착했고, 6월 3일에 만나게 된 경과를 설명하였는데, 이 자리에는 『조선필담(朝鮮筆談)』의 저자 노로 지쓰오(野呂實夫)와 『상한의문답(桑韓醫問答)』의 저자 카와무라 슌코(河村春恒)도 배석했다.

『대려필어』의 주요 내용은 다음과 같다.

① 의학 학습법과 관련한 두 나라의 차이점이다. 조숭수는 조선의 예를 들어 '책을 읽는 방법은 쉬운 것부터 어려운 것에 이르러야 한다.'고 하면서 당연히 『의학입문(醫學入門)』과 『의학정전(醫學正傳)』부터 시작해야 한다고 하였으나, 칸 도우하쿠는 '학문의 도(道)를 이루려면 먼저 그 어려운 것을 다스려야 한다.'는 논리를 내세우며, 『소문(素問)』과 『난경(難經)』을 우선 학습해야 한다고 주장했다.

② 『영추(靈樞)』, 『소문(素問)』, 『난경』의 전질(全帙)에 대한 논의이다. 특히 『난경』에 관해 칸 도우하쿠는 중국 원(元)대 활수(滑壽)의 『난경』 주해본(註解本)보다 이를 저본(底本)으로 삼아 일본 오사카(大阪)의 기(宜)선생이 주석을 달아 간행한 『난경혹문(難經或問)』이나 나고야 겐이(名古屋玄醫, 1628-1696)의 『난경주(難經註)』가 오히려 더 뛰어나다고 했다. 이에 대해 조숭수는 '옛 주석본이 아니고서는 그 심오한 뜻을 알 수 없다.'며, 그의 의견에 동의하지 않았다.

③ 인삼(人蔘)과 관동(款冬) 등 약재 관련 문답이다. 칸 도우하쿠는 백두산 등 북쪽이 조선에서 인삼이 생산되는 지역인가에 대해서 물었고, 일본에서 생산되는 수삼(鬚蔘)의 성미(性味)가 쓰다고 말했는데, 이에 대해 조숭수는 될 수 있으면 그것을 사용하지 말라고 하였다. 또한 일본에서 생산되는 관동을 조선에서는 중국에서 수입해 사용한다고 하였다.

④ 『동의보감(東醫寶鑑)』의 저자 허준(許浚)의 출신지역과 관련한 문답이다. 칸 도우하쿠가 허준의 출신지를 묻자, 조숭수는 낙양(洛陽, 현재 경북 상주)이라고 대답했다.

⑤ 화상(火傷) 치료 관련 내용이다. 칸 도우하쿠가 화약(火藥)을 다루다 화상을 입은 조선의 화포(火砲) 장인(匠人) 김복과(金福戈)의 생사여부를 묻자, 조숭수는 오사카에서의 일이었으며, 치료해서 배 안에 머

물게 하였으나 생사는 모르겠다고 했다.

⑥ 풍독각기(風毒脚氣)와 비슷한 각기충심(脚氣衝心)의 증세에 대한 의견 교환이다.

⑦ 유학자 핫토리 겐쿄우(服部元喬, 1683-1759)가 지은 시(詩) 〈후지산(富士山)〉에 대한 조숭수의 평가와 칸 도우하쿠의 인물 소개이다.

⑧ 조숭수(趙崇壽)가 일본 길거리에서 본 국분산(國分散)이라는 약의 정체성과 판매하는 인형의 용도에 대한 문답이다. 칸 도우하쿠는 약에 기이한 이름을 지어 판매를 잘 하기 위한 수단이며, 인형은 아녀자들의 노리개로 판매하기 위함이라고 했다.

⑨ 칸 도우하쿠가 1711년 양의(良醫)였던 기두문(奇斗文)에 대해 근황을 물었고, 그가 일본 의원 무라카미(村上)와 나눈 필담을 정리한『양동창화후록(兩東唱和後錄)』이 간행되었다고 했으며, 조숭수는 기두문이 이미 작고(作故)했음을 알렸고, 필담 기록을 얻어 보기를 원했으나, 칸 도우하쿠는 차후에 전해드리겠다는 약속만 했다.

⑩ 일본의 세관(世官), 봉건제(封建制), 군현제(郡縣制) 등에 대한 조숭수의 질문과 칸 도우하쿠의 답변이다. 칸 도우하쿠는 이에 대해 다자이 슌다이(太宰春臺, 1680-1747)의『봉건론(封建論)』을 읽어보라고 권유했다.

⑪ 관(冠)을 비롯한 조선의 복식(服飾) 및 계수나무 등 탐라(耽羅)의 특산물과 육지로부터의 거리 등에 대한 문답이다.

⑫ 도호토(東都)의 민가(民家)와 성곽의 둘레 등에 대해 조숭수가 묻자 칸 도우하쿠는 외국인에게 함부로 말하거나 알려줄 수 없다며, 답변을 회피했다.

⑬ 조선의 온돌(溫突)에 대해 칸 도우하쿠가 묻자 조숭수는 그 설치법과 효과에 대해 비교적 자세하게 설명했다.

⑭ 음식이 들어오자 칸 도우하쿠가 맛볼 수 있도록 나누어 줄 것을 청했고, 맛을 본 후 고기를 즐기는 조선과 달리 일본에서는 담백한 맛을 즐긴다고 했다.

⑮ 작약(芍藥)·곽향(藿香)·시호(柴胡)·백출(白朮)·창출(蒼朮) 등의 조선 약재와 불환금정기산(不換金正氣散)·곽향정기산(藿香正氣散) 등 조선의 의약품을 직접 본 칸 도우하쿠와 조숭수의 문답이다.

⑯ 조선의 선비 김계승(金啓升)의 가계(家系)와 혈통에 대해 칸 도우하쿠와 나눈 문답이다. 이어서 소주(燒酒)를 비롯한 일본의 명주(名酒)에 대한 칸 도우하쿠의 설명이 이어지고, 김계승에게 써준 시(詩)가 실려 있으며, 조선의 산서(山鼠)와 그 털로 만든 청필(靑筆) 붓에 대한 문답이 이어진다.

5일 후에 만나서 이루어진 문답은 다음과 같다.

① 조숭수의 풍토병(風土病)을 살펴본 칸 도우하쿠는 이것이 비기(脾氣)가 울(鬱)된 증상이라는 진단을 내린다.

② 칸 도우하쿠가 조숭수에게 일본 개국공신(開國功臣) 미나모토 타다오키(源忠興)의 후손이 썼다는 시에 대해 품평해줄 것을 청했고, 조숭수는 그들의 출신지인 우토(宇土)에 대해 묻는다.

③ 칸 도우하쿠가 조선의 복식에 대해 묻자 조덕조(趙德祚)가 주대(周代)의 형식이라고 답하고, 간지(簡紙)를 설명한다.

말미에는 조숭수 및 칸 도우하쿠와 카와무라(河村)가 주고받은 시(詩) 5수와 칸 도우하쿠가 조숭수와 주고받은 편지 형식의 글 4편이 실려 있는데, 의학과 의술에 힘쓸 것을 서로 당부하는 내용이다.

대려필어(對麗筆語) 전(全)

대려필어 서(序)

조선 의원(醫員)이 비록 여러 책을 널리 읽어 외운다고 일컫더라도, 『입문(入門)』[1]과 『정전(正傳)』[2] 두 군데서 나온 것에 지나지 않고, 『난경(難經)』[3]도 이미 주(註)가 없으니, 본디 그 배운 것으로 알 수 있을 뿐이다. 지금 일본 의학은 위로는 관의(官醫)로부터 솟아올라 아래로 수택(藪澤)[4]에 이르기까지 여러 빛이 생겨났고, 의술의 흐름은 「영추(靈樞)」[5]와 「소문(素問)」[6]을 법 받았으며, 『천금(千金)』[7]과 『외대(外臺)』[8]에서 처방한 것

---

1 『입문(入門)』: 『의학입문(醫學入門)』. 1624년 명(明)대 이천(李梴)의 저작. 내용은 장부도(臟腑圖)·명대 이전의 의학가들에 대한 간단한 소개·경락(經絡)·장부·진단(診斷)·침구(針灸)·본초(本草)·외감(外感)·내상(內傷)·잡병(雜病)·부유(婦幼)·외과(外科)·용약법(用藥法)·고방가괄(古方歌括)·급방(急方)·괴병(怪病)·치법(治法)·의학학습규칙(醫學學習規則) 등임. 8권.

2 『정전(正傳)』: 『의학정전(醫學正傳)』. 1515년 명(明)대 우단(虞搏)의 저작. 문(門)으로 나눠 증(證)을 논증한 것으로, 주진형(朱震亨)의 학설을 위주로 하고, 장중경(張仲景)·손사막(孫思邈)·이고(李杲)의 학설을 참고하는 동시에 자신의 견해를 결합했음. 8권.

3 『난경(難經)』: 전국(戰國) 때 편작(扁鵲)이 『황제내경(黃帝內經)』의 뜻을 밝힌 의서(醫書). 문답 형식으로 『황제내경』 경문 중의 의문을 해석하였음. 2권.

4 수택(藪澤): 초목이 무성하거나 어류·동물이 많이 번식하는 넓은 습지.

5 「영추(靈樞)」: 원래 18권인 『황제내경(黃帝內經)』의 후반 9권으로, 침구(鍼灸)와 도인(導引) 등 물리요법을 상술하고 있음.

을 얻지 않음이 없다.

저쪽 나라에 견주건대, 의국(醫局)[9]이 송(宋)대 이후만 좇으며 이 세상
에 맞설 것이 없다고 일컬으니, 어찌 날을 되돌려 논의할 수 있겠는가?
칸(菅)[10] 선생이 필어(筆語)를 장차 책으로 펴낸다면, 아! 이 또한 해내(海
內)[11]가 태평한 세상임을 살펴볼만 하겠고, 의원도 사람이라 여기겠구나.

일본 연향(延享)[12] 5 무진(戊辰) 6월 소우헤키(糟壁)[13]에 뿌리를 편
동리(東里)[14] 씀.

---

6 「소문(素問)」:『황제내경(黃帝內經)』의 전반 9권으로, 천인합일설(天人合一說)·음양
 오행설(陰陽五行說) 등 자연학에 입각한 병리학설을 주로 다루었음.

7 『천금(千金)』:『천금방(千金方)』·『천금요방(千金要方)』. 당(唐)대 손사막(孫思邈) 지
 음. 당대 이전의 의약서적을 수집하고, 한의학을 전면 정리·수정해 70세 되던 651년에
 편찬한 의서(醫書). 주요 내용은 총론·임상 각 과(科)·식치(食治)·평맥(平脈)·침구(針
 灸) 등인데, 여러 의가(醫家)들의 방서(方書)를 모은 거작임. 그는 평소에 사람의 목숨이
 천금보다 귀중하다는 생각을 갖고 있었기 때문에 이 책에 '천금'이라는 제목을 붙였음.
 30권.

8 『외대(外臺)』:『외대비요(外臺秘要)』. 당(唐)대 왕도(王燾) 지음. 당대 이전의 많은 의
 약저서를 수집해 1,104문(門)으로 편성하고, 6천여 처방을 수록해 752년에 펴냈음. 40권.

9 의국(醫局): 의무(醫務)를 다루는 방. 약국(藥局). 병원(病院)에서 의사(醫師)들이 있
 는 방.

10 칸(菅): 칸 도우하쿠(菅道伯). 자는 이장(夷長). 자호(自號)는 순양(純陽). 에도(江戶)
 출신 의원. 본래 성은 '마에다(前田)'. 마에다 가문은 향보(享保)6년(1721) 이후 바쿠후(幕
 府)말기까지 후쿠이번(福井藩)의 유관(儒官) 직을 세습하고 중요한 역할을 했던 유학자의
 일족으로, 주요 인물로 마에다 요안(前田葉庵)과 그 자손들이 있음.

11 해내(海內): '4해(四海)의 안'이라는 뜻으로, 국내(國內) 또는 천하(天下)를 이름.

12 연향(延享): 일본 제116대 고모모조노(桃園) 천황의 연호. 재위 1747-1762.

13 소우헤키(糟壁): 현재 일본 사이타마현(埼玉縣) 동부에 있는 가스카베시(春日部市).
 에도(江戶) 시대에는 에도와 닛코를 잇는 닛코 가이도(日光街道)의 여인숙 마을로서 번영
 했음. 현재는 도쿄의 위성 도시로 발전하고 있고, 전통 산업인 등나무 공예가 유명함.

대려필어

코우토(江都)[15] 칸 도우하쿠(昔道伯) 이장(夷長) 지음

　연향(延享) 5년 무진(戊辰)년(1748) 5월에 조선의 삼사(三使)[16]가 예(禮)를 갖추어 찾아왔고, 6월 3일에 나는 그 양의(良醫) 조숭수(趙崇壽)[17]와 혼간지(本願寺)[18]에서 만나보았다. 관의(官醫) 노로(野呂)[19]·카와무라(河村)[20] 두 분도 왔다. 숭수는 자가 경로(敬老)이고 호는 활암(活菴)이며 나이는 40세 정도였다. 깁으로 만든 관모(官帽)를 썼고 몸에는 옅은 푸른색 관복을 입고 있었다.

14 동리(東里): 다카노 이케이(高野惟馨, 1704-1757)의 별호. 다카노 란테이(高野蘭亭)로도 알려져 있음. 자는 자식(子式). 에도시대 중기의 시인. 에도(江戶)출신으로, 다카노 하쿠리(高野百里)의 아들임. 오규 소라이(荻生徂徠)에게 배웠는데, 17세에 실명하고 이후 시에 전념해 핫토리 난카쿠(服部南郭)와 나란히 칭송되었음. 죽은 후『난정선생시집(蘭亭先生詩集)』이 간행되었음.

15 코우토(江都): 에도(江戶)의 다른 이름.

16 삼사(三使): 일본에 사신으로 가는 통신사(通信使)·부사(副使)·종사관(從事官)의 세 사신을 이름.

17 조숭수(趙崇壽): 자는 경로(敬老). 호는 활암(活庵). 조선의 의관. 1748년에 조선통신사 일행으로 일본을 방문하였음.

18 혼간지(本願寺): 교토(京都)시에 있는 정토진종(淨土眞宗) 혼간지(本願寺)파의 본산(本山) 사원. 분리된 히가시혼간지(東本願寺)와 구별하기 위해 니시혼간지(西本願寺)라 부르기도 했음.

19 노로(野呂): 노로 지쓰오(野呂實夫). 자는 원장(元丈). 호는 연산(連山). 노로 겐죠(野呂元丈)로도 알려져 있음. 도호토(東都)의 의관(醫官). 1748년 5월에 조숭수(趙崇壽) 등과 만나 나눈 필담을 정리한『조선필담(朝鮮筆談)』과『조선인필담(朝鮮人筆談)』을 남겼음.

20 카와무라(河村): 카와무라 슌코(河村春恒). 자는 자승(子升)·장인(長因). 호는 원동(元東). 도호토(東都)의 의관(醫官). 1748년 6월 1일부터 12일까지 조숭수(趙崇壽) 등과 만나 나눈 필담을 정리한『상한의문답(桑韓醫問答)』을 남겼음.

내가 글로 써서 말함 : "재주 없는 제 성은 칸(昝)이고, 이름은 도우하쿠(道伯)이며, 자는 이장(夷長)입니다. 코우토 사람이고, 자호(自號)는 순양(純陽)입니다."

조(趙)가 말함 : "그대 나이는 얼마쯤이고, 어떤 사람을 스승으로 섬겨 따랐습니까?"

내가 말함 : "재주 없는 제 나이는 37세이고, 조상의 일을 감히 없애지 못해 잇고 있습니다. 오늘은 틀림없이 좋은 날이니, 하늘이 서로 만나는 기회를 내려주셔서 천만다행입니다. 그대에게 요즈음 대수롭지 않은 병이 있다가 오늘은 이미 시원하게 나으셨다고 키씨(紀氏)[21]에게 들었습니다.

조가 말함 : "병은 이미 조금 나았는데, 그대의 문안을 받으니 매우 감사합니다. 평소 공부는 어떤 책부터 시작하십니까?"

내가 말함 : "재주 없는 저는 어려서 선친을 잃고, 비록 「소문(素問)」과 『난경(難經)』을 얻어 읽었지만, 옛글이라 어렵고 껄끄러워 늘 통함에 괴롭고 어려웠습니다. 따라서 오늘까지도 성취한 바가 없습니다. 그대 나라 의원된 사람들은 어떤 의서(醫書)를 읽습니까?"

---

21 키씨(紀氏): 키노쿠니 주이[紀國瑞]. 호는 난암(蘭菴). 아메노모리 호슈[雨森東]의 문인이고, 당시 쓰시마[對馬島] 번주의 가신(家臣)이자 서기(書記)로, 조선통신사 일행을 안내했음.

조가 말함 : "책을 읽는 방법은 쉬운 것부터 어려운 것에 이르러야 하는데, 먼저 「소문」과 『난경』을 읽는 것은 거의 지나칠 것입니다. 우리나라 의원된 사람들은 늘 『입문(入門)』과 『정전(正傳)』 등의 책부터 연구해서 익숙해진 뒤에 「소문」과 『난경』으로 나아갑니다. 『정전』은 글의 뜻이 매우 분명하고 『입문』은 뜻이 자세하고 치밀하니, 만약 함께 그것들을 공부한다면, 비록 이 세상에 실천하더라도 대적할 사람이 없을 것입니다. 만일 뛰어난 재주와 특별한 식견이 없는데도 먼저 「소문」과 『난경』을 읽는다면, 그 깊은 뜻을 얻기 어렵습니다. 여러 대가(大家)를 널리 읽은 뒤에야 그 깊고 심오함을 엿볼 수 있습니다. 만약 망령되게 뛰어나고 큰 것부터 시작한다면, 범을 그리려다 이루지 못하고 도리어 개와 비슷하게 되는 것입니다. 제게 어찌 식견이 있겠습니까? 다만 어리석은 제 뜻을 말씀드릴 뿐이니, 그대가 만일 받아들여주신다면 다행일 것입니다."

내가 말함 : "삼가 가르치신 뜻을 받아들여 감히 버려두거나 잊지 않겠습니다. 비록 그러하나 학문의 도(道)는 이루려면 먼저 그 어려운 것을 다스리라고 선친께 들었습니다. 이미 통한다면 쉬운 것은 다스리지 않아도 통할 수 있다는 것입니다. 지금 「소문」과 『난경』의 깊은 뜻에 통하고자 한다면, 먼저 『입문』·『정전』과 근세(近世)의 책을 읽으라고 하신 데에는 아마도 이러한 이치가 없는듯합니다."

조숭수는 말이 없었는데, 내가 다시 입을 열려고 하자 조가 말함 : "그대는 성(城)안에 살고 있습니까? 「영추(靈樞)」와 「소문」의 전질(全帙)22은 있습니까?"

내가 말함 : "성 남쪽 3전(田)²³에 살고 있는데, 이곳에서 20리(里) 거리입니다. 이미 의원된 사람이라 일컫기는 하지만, 어떤 의서(醫書)도 쌓아두지 못했습니다."

조가 말함 : "『난경(難經)』은 있습니까?"

내가 말함 : "『난경』 중 이곳에서 오로지 쓰는 것은 활수(滑壽)²⁴가 주(註)를 단 것입니다. 저는 오사카(大阪)에서 기(宜)선생이란 사람을 만나본 적이 있었는데, 『난경혹문(難經或問)』을 지었고, 또 겐이(玄醫)²⁵ 선생이란 사람이 지은 『난경주(難經註)』도 있다고 했습니다. 각각은 활수가 주를 단 것보다 뛰어난듯합니다."

조가 말함 : "월인(越人)²⁶이 『난경』을 짓고, 뒷시대에 어떤 사람이

---

22 전질(全帙): 한 질(帙)로 된 책의 전부.

23 전(田): 고대 경지 면적의 계산 단위. 1정(井)이 되는 900묘(畝)의 땅.

24 활수(滑壽): 자는 백인(伯仁). 호는 영녕생(攖寧生). 원(元)대 양성(襄城) 사람. 명의(名醫) 왕거중(王居中)에게 의학을 배웠고, 저서에 『십사경발휘(十四經發揮)』 3권, 『독상한론초(讀傷寒論抄)』, 『진가추요(診家樞要)』, 『치루편(痔瘻篇)』, 『난경본의(難經本義)』 등이 있음.

25 겐이(玄醫): 나고야 겐이(名古屋玄醫, 1628~1696). 교토 출신으로, 유학 방면은 고의학자(古義學者)인 이토 진사이(伊藤仁齋, 1627~1705)의 영향을 받았고, 의학은 명(明)대 가언(嘉言) 유창(喩昌)의 『상한상론편(傷寒尙論篇)』, 『의문법률(醫門法律)』 등의 영향을 받아, 당시 성행하던 이주(李朱)의학을 버리고 임상의학 원류인 장중경(張仲景)의 고의방(古醫方)으로 돌아갈 것을 주창한 고방파 최초의 인물. 일본 최초의 『상한론(傷寒論)』, 『금궤요략(金匱要畧)』 연구가로 『금궤요략』 연구서를 최초로 냈음. 저서에 『의방규구(醫方規矩)』, 『의방문여(醫方問餘)』 등이 있음.

26 월인(越人): 편작(扁鵲)의 명(名). 성(姓)은 진씨(秦氏). 따라서 원명은 진월인(秦越人).

감히 그 깊은 이치를 말하겠습니까? 이들 학설에 그대는 미혹(迷惑)되지 마십시오. 옛 주석이 아니면 할 수 없습니다."

내가 말함 : "그대는 여러 주석을 읽지도 않으시고 무슨 까닭에 함부로 말씀하십니까? 옛 주석이라 말씀하셨는데, 이것은 어떠한 사람이 주를 단 것입니까?"

조가 말함 : "『난경』은 본래 주가 없으니, 뜻으로 풀 수 있습니다."

내가 말함 : "그대 나라 장백산(長白山)에서 생산되는 인삼(人參)이 가장 상등(上等)의 좋은 인삼임에 틀림없다고 들었습니다. 다른 곳에서 뛰어나다며 생산되는 것은 확실히 그러한지 모르십니까?"

조가 말함 : "다만 장백산만 아니라 여러 이름난 산에서 모두 생산되는데, 북쪽 지역에서 생산되는 것이 가장 뛰어난 것입니다."

내가 말함 : "우리나라 길 근처 여기저기에 나는 수삼(鬚參)²⁷은 맛이

발해군(渤海郡) 사람으로서 춘추(春秋) 때 명의. 장상군(長桑君)에게서 금방(禁方)의 구전(口傳)과 의서(醫書)를 물려받아 명의가 되었다고 함. 제(齊)·조(趙)를 거쳐 진(秦)으로 들어갔는데, 진의 태의(太醫) 이혜(李醯)의 시기로 자객에게 피살당했음.

27 수삼(鬚參): 수제(手制)한 인삼의 소근(小根). 중국에서는 '수삼(鬚蔘)' 또는 '삼수(蔘鬚)', 한국에서는 '미삼(尾蔘)'이라고 함. 형태나 용법에 따라, '홍미삼(紅尾蔘)', '백미삼(白尾蔘)', 100개 내외를 1포로 하는 '대미(大尾)', 200개 내외를 1포로 하는 '대중미(大中尾)', 201개 이상을 1포로 하는 '중미(中尾)', 윤기가 있고 입대(粒大) 정도 크기이며 세절(細折)이라고도 하는 '미미(米尾)', 세모(細毛)인 '삼피미(蔘皮米)', 백삼의 세모인 '백직수

매우 씁니다. 그것을 쓰는 방법은 감초(甘艸)²⁸물에 담갔다가 굽는 것
인데, 그대 나라에도 수삼이 있습니까?"

조가 말함 : "그대나라 인삼에 관한 설명은 다만 카와무라(河村) 선
생을 상대해 말했을 뿐인데, 진짜 인삼이 아니니, 섞어 쓰지 않으신다
면 다행이겠습니다."

내가 말함 : "『동의보감(東醫寶鑑)』²⁹에 그대 나라에는 '관동(款冬)³⁰이
없다.'고 했습니다. 이 식물은 산과 들에 많이 있는데, 아마도 이는 그
대 나라 사람들이 그 모양을 모르는 것 아닙니까?"

조가 말함 : "중원(中原)³¹에서 오는 것을 얻어다 씁니다."

내가 말함 : "『동의보감』은 바로 그대 나라 허준(許浚)³²이 지은 것이

(白直鬚)', '홍직수(紅直鬚)' 등이 있음.

28 감초(甘艸): 감초(甘草). 콩과의 여러해살이풀. 또는 그 뿌리를 말린 것. 비기(脾氣)와
　　폐기(肺氣)를 보하고 기침을 멈추며, 열을 내리고 독을 풀며, 새살이 잘 살아나게 함.

29 『동의보감(東醫寶鑑)』: 조선 중기의 태의(太醫) 허준(許浚)이 지은 의서(醫書). 중국과
　　우리나라의 고전 의방서들을 인용해 만든 것으로, 1613년(광해군5)에 간행되었음. 25권
　　25책.

30 관동(款冬): 관동화(款冬花). 국화과의 여러해살이풀인 관동의 꽃봉오리를 말린 것.
　　폐를 보하고 담(痰)을 삭이며, 기침을 멈춤. 귀중한 약재로 암을 치료하는 데도 씀.

31 중원(中原): 한족(漢族)의 발상지인 황하(黃河) 유역. 하북(河北)·하남(河南)·산동(山
　　東)·섬서성(陝西省) 지방.

32 허준(許浚): 1539-1615. 본관은 양천(陽川). 자는 청원(淸源). 호는 구암(龜巖). 조선
　　중기의 의학자. 선조(宣祖)와 광해군(光海君)의 어의(御醫)를 지냈고, 1610년에 조선 한

라던데, 허씨는 어느 지역 사람입니까?"

조가 말함 : "허 선생은 바로 낙양(洛陽)[33] 사람입니다."

내가 말함 : "화포(火砲)[34] 장인(匠人) 김복과(金福戈)가 화약(火藥)을 절구로 잘게 찧다가 불이 붙게 되어 다쳤다고 들었는데, 생사(生死)는 어찌 되었습니까?"

조가 말함 : "오사카(大阪)에서 다른 곳으로 출발할 때였고, 그때 배 안에 머물러 두게 했는데, 그 생사는 알 수 없습니다."

내가 말함 : "이 지역에 요즈음 어떤 종류의 병이 있는데, 그 증세가 처음에는 매우 작게 일어나는 듯합니다. 다만 두 다리가 마비되고 약해짐을 깨닫는데, 4-5일 뒤에 호흡이 몹시 가빠지고, 다리부터 배까지 부르트며, 마땅히 고달프다 죽게 됩니다. 맥(脈)은 홍실(洪實)[35]하고, 증세가 『천금(千金)』에서 말한 풍독각기(風毒脚氣)[36]와 비슷하며, 의원

방의학 발전에 크게 기여한 『동의보감(東醫寶鑑)』을 완성했음.

33 낙양(洛陽): 고대부족국가 시기 경상북도 상주(尙州)의 옛 지명.

34 화포(火砲): 화약을 이용해 탄환을 발사하는 중무기(重武器).

35 홍실(洪實): 홍맥(洪脈)과 실맥(實脈). '홍맥'은 맥상의 일종으로, 맥 폭이 넓고 힘 있게 뛰며, 가볍게 짚어도 여유 있는 감을 주는 맥. 양맥에 속하고, 사열이 성한 때 나타난다고 봄. '실맥'은 맥상의 일종으로, 촌·관·척 3부위를 가볍게 짚거나 세게 눌러 짚어도 다 힘 있게 뛰는 맥. 양맥에 속하고, 실증의 기본 맥이며, 허맥과 반대되는 맥.

36 풍독각기(風毒脚氣): 풍독으로 생긴 각기. '각기'는 다리 힘이 약해지고 저리거나 지각 이상이 생겨 제대로 걷지 못하는 병증. 습사와 풍독이 침범했거나 음식을 가려 먹는 등으로

들도 비슷하다는 까닭 때문에 『천금방(千金方)』을 써서 치료했지만 낫지 않았습니다. 최근에 한둘 식견을 지닌 의원들이 비기(脾氣)³⁷가 울결(鬱結)³⁸된 것으로 보고 치료해서 간혹 낫는 사람이 있습니다. 그대나라에도 이런 병이 있는지 모르십니까?"

조가 말함: "이것은 각기충심(脚氣衝心)³⁹의 증세입니다. 맥은 당연히 침긴(沈緊)⁴⁰하고 단(短)⁴¹하니, 홍실함은 마땅치 않습니다. 또 증세가 천천히 나타나다가 급해지지, 갑작스럽게 깊어지지는 않습니다. 병이 비슷해 분간하기 어려운 것에 어찌 제한이 있겠습니까? 우리나라에서도 일찍이 보지 못했을 따름입니다."

조가 내 부채 앞면의 시(詩)를 읽고 말함: "이것은 어떤 사람이 지었습니까?"

기혈이 제대로 돌지 못하거나 습이 몰려서 생김.

37 비기(脾氣): 비의 기능. 운화 기능, 승청작용, 혈을 통솔하는 기능을 주로 함.

38 울결(鬱結): 기혈이 한 곳에 몰려서 풀리지 못하는 것.

39 각기충심(脚氣衝心): 각기의 일종. 습각기나 건각기로부터 생김. 가슴이 활랑거리고 답답하며, 숨이 가쁘고 불안해하며, 토하고 입맛이 없으며, 입안이 몹시 마름. 심하면 정신이 어리둥절해지고 헛소리를 하며, 토하고 먹지 못하며, 입술이 자남색을 띠고 얼굴색은 컴컴해지며, 팔다리가 싸늘해짐.

40 침긴(沈緊): 침맥(沈脈)과 긴맥(緊脈). '침맥'은 맥상의 일종으로, 가볍게 짚으면 잘 알 수 없고, 세게 눌러 짚으면 잘 알 수 있는 맥. 음맥에 속하고, 이증의 기본 맥임. '긴맥'은 맥상의 일종으로, 힘이 있으면서 긴장하게 뛰는 맥. 양맥에 속함.

41 단(短): 단맥(短脈). 맥상의 일종으로, 관 부위에서만 비교적 톡톡하게 나타나고 촌 부위와 척 부위에서는 잘 나타나지 않는 맥.

내가 말함 : "이것은 우리나라 남곽(南郭) 핫토리(服部)[42] 선생이 지은
후지산(富士山) 시입니다."

조가 말함 : "참으로 아름다운 작품입니다. 선생은 어느 곳에 사십
니까?"

내가 말함 : "이 사람은 에도(江戶) 지역에 숨어사는데, 견문이 넓고
지식이 뛰어나 위로는 분전(墳典)[43]부터 아래로 제자백가(諸子百家)[44]에
이르기까지 연구하지 않은 것이 없습니다. 시(詩)를 가장 잘해 여러 형
식을 갖추지 않음이 없고, 뒷시대의 글은 낮게 봐서 오로지 옛 글만
거듭 익힙니다. 이 지역 학자는 그를 우러러 태산북두(泰山北斗)[45]처럼
여기고, 여러 나라 제후들은 다투어 그를 부르지만 가지 않습니다. 이
분에 대해 재주 없는 제 견해로는 일본이 처음 선 뒤로 일찍이 없었던
인재(人才)입니다."

---

42 핫토리(服部): 핫토리 겐교우(服部元喬, 1683-1759). 핫토리 난카쿠(服部南郭) 또는
후쿠 난카쿠(服南郭)로도 알려져 있음. 자는 자천(子遷). 별호는 부거관(芙蕖館). 통칭(通
稱)은 고에몬(小右衛門). 에도시대 중기의 유학자이자 시인. 교토(京都)출신으로, 에도
(江戶)에서 야나기사와 요시야스(柳澤吉保)에게 가인(歌人)으로서 일했고, 오규 소라이
(荻生徂徠)에게 배웠으며, 요시야스가 죽은 후 사숙(私塾)을 열었음. 경세론(経世論)은
다자이 슌다이(太宰春台), 시문(詩文)은 난카쿠로, 소라이 문하에서 쌍벽을 이루었음.
향보(享保)9년에『당시선(唐詩選)』을 교정·출판해 당시 유행의 계기를 만들었음. 저서에
『대동세어(大東世語)』,『남곽선생문집(南郭先生文集)』등이 있음.
43 분전(墳典): 3분(三墳)과 5전(五典)의 병칭. 고대의 전적(典籍)을 통칭함.
44 제자백가(諸子百家): 선진(先秦)부터 한(漢) 초기까지 여러 학파(學派)의 총칭.
45 태산북두(泰山北斗): 태산과 북두칠성. 사람들의 존경을 받는 훌륭한 인물의 비유.

조가 말함 : "선생의 연세는 얼마쯤입니까? 자식은 몇 명이 있습니까?"

내가 말함 : "선생의 나이는 이미 70세이고, 자식 둘이 있었는데, 둘째 자식이 먼저 죽었고, 큰아들도 얼마 후 잃었습니다."

조가 말함 : "불행하다고 말할만할 것입니다. 곽서옹(郭西翁)이란 사람이 있다고 사이쿄(西京)에서 들었지만, 그 사람을 만나볼 수 없었는데, 정말로 숨어사는 사람입니까?"

내가 말함 : "대체로 덕(德)있는 선비는 더욱 깊이 숨어도 아는 사람이 더욱 많은 법입니다. 곽서옹도 외롭고 쓸쓸합니까? 들은 적이 없는 듯합니다. 재주 없는 저는 어떤 사람인지 모를 따름입니다."

조가 말함 : "길 위에서 국분산(國分散)이란 약 이름을 걸어둔 것을 보았습니다. 이것은 그대 나라에서 따로 만든 이름입니까?"

내가 말함 : "우리나라에서 약 가게를 연 사람들은 모두 길에 어떤 기이한 약 이름을 걸어두는데, 기이한 것을 더욱 좋아하는 사람들은 새로운 이름을 별도로 만들기도 합니다. 그러한 것을 원하므로 파는 데 필요할 따름이고, 그대도 반드시 이런 것을 보신 것입니다."

조가 말함 : "길가에 인형(人形)을 만들어둔 것이 많이 있던데, 이 물건은 어떤 곳에 씁니까?"

내가 말함 : "이것은 부인(婦人)과 어린이들이 보고 감상하는 노리개이니, 어찌 다른 쓸모가 있겠습니까?"

내가 말함 : "지나간 해에 기두문(奇斗文)⁴⁶ 이란 분이 양의(良醫)로 이곳에 오셨는데, 요즈음 여전히 건강하십니까?"

조가 말함 : "기(奇) 선생은 이미 돌아가신 듯합니다. 그때 필담이 있다면, 볼 수 있겠습니까?"

내가 말함 : "그때 계남(溪南) 무라카미(村上)⁴⁷ 선생이란 사람이 있어서 기 선생을 영접하고, 필담과 창화(唱和)를 나눈 기록이 있으며, 이 지역에서 지금 이미 간행되었습니다."

조가 말함 : "얻어 볼 수 있겠습니까?"

내가 말함 : "나라에서 금해 이 지역 사람이 지은 책들은 다른 나라에 나가 흩어짐을 허락하지 않습니다. 키씨(紀氏)에게 물은 이후 옆에 바치겠습니다."

조가 말함 : "반드시 약속을 실천해주십시오."

---

46 기두문(奇斗文): 조선 의관으로 서울 장의동(壯義洞)에 살았으며, 숙종 37년(1710)에 의원이 되어 이듬해인 1711년에 양의(良醫)로서 통신사를 따라 일본으로 건너갔었음.
47 무라카미(村上): 일본의 의원. 자는 계남(溪南), 호는 초재(樵齋). 1711년 9월 20일에 기두문(奇斗文) 등과 만나 나눈 필담을 정리한 『양동창화후록(兩東唱和後錄)』을 남겼음.

내가 말함 : "그대 나라에서 세관(世官)[48]을 귀하게 여기고, 의원도 이러한 세관이 있습니까?"

조가 말함 : "우리나라에는 세관의 법이 없고, 또 봉건(封建)[49]의 해로움인데, 그대는 모르십니까? 후손이 점점 쇠퇴하고 어질지 못한 사람이 많은데, 어떻게 나라 다스리는 도(道)를 행할 수 있겠습니까?"

내가 말함 : "군현(郡縣)[50]과 봉건은 모두 틀림없이 천지자연의 형세일 뿐이고, 진(秦)대부터 명(明)대 군현까지 비슷합니다. 하필 군현만 옳고 봉건은 그르겠습니까? 지금 늘어놓고 논의하고자 하는 이것은 병을 치료하는 사람이 이야기할 바에 마땅치 않습니다. 그대가 그러한 설명을 자세히 알고자 한다면, 이 지역의 슌다이(春臺)[51] 서생(書生)이란 사람이 지은 『봉건론(封建論)』[52] 상하편이 있으니, 그대는 그것을 읽음이 옳겠습니다."

---

48 세관(世官): 대대로 하는 같은 벼슬. 세습(世襲)의 벼슬.
49 봉건(封建): 천자가 토지를 나누어 제후(諸侯)를 세우던 제도. 삼대(三代) 때, 도읍을 중심한 1,000리 사방을 왕기(王畿)라 하여 천자가 직할하고, 그 밖의 땅에는 제후를 봉해 다스리게 했는데, 진(秦) 때에 이르러 제후를 봉하지 않고 군현(郡縣)의 제도를 채택했음.
50 군현(郡縣): 제후를 폐하고 영토를 군과 현으로 나누어 중앙 정부에서 관리를 임명·파견해 정치상 일체의 권력을 중앙 정부에 집중시키는 제도.
51 슌다이(春臺): 다자이 슌다이(太宰春臺, 1680-1747). 본래 성명은 히라데 쥰(平手純). 자는 덕부(德夫). 호는 춘대(春臺). 신농(信濃) 사람. 학산(鶴山)의 문인(文人)으로, 에도 시대 중기의 고문사학파(古文辭學派) 유학자.
52 『봉건론(封建論)』:『군현론(郡縣論)』과 함께 다자이 슌다이(太宰春臺)의 대표적 저술의 하나.

내가 말함 : "그대가 머리에 쓴 것은 이름이 무엇입니까? 우리들이 오늘 마음속으로 고맙게 여기고 있으나, 바로 지난번에는 그대에게 말씀드리지 못했습니다."

조가 말함 : "이것은 동파관(東坡冠)[53]입니다. 나라 풍속이 각각 다른데, 그대는 어찌 스스로 불만스럽게 여기고 계십니까?"

내가 말함 : "쓰시마(對馬島) 사람들은 그대 나라에 의지해 살아가고, 탐라(耽羅)에서 생산되는 계수나무[54]는 도쿄(東京)의 계수나무와 같기 때문에 나라 의사들이 청(淸)나라에서 온 것은 찾지 않는다고 들었습니다. 확실히 그렇습니까? 탐라는 그대 나라와의 거리가 리(里) 수로 얼마쯤입니까? 그 나라는 이미 그대 나라에 복종해 귀속되었으니, 우리에게 류큐(琉球)[55]나 에조(蝦夷)[56]가 있음과 같다고 생각됩니다. 옷차림 모양은 그대 나라와 같습니까?"

조가 말함 : "탐라 섬에서 계수나무가 생산되는 일은 없으니, 참으로 망령됩니다. 옷차림은 육지와 같은데, 조금 작습니다. 다른 것이 있다면 겉에 입는 옷은 따뜻하게 지낼 수 없다는 것뿐입니다. 거리는 남쪽 바다로 2천리 남짓입니다."

---

53 동파관(東坡冠): 두건의 한 가지. 소동파(蘇東坡)가 사용한 데서 생긴 말.
54 계수나무: 녹나무과의 상록 교목.
55 류큐(琉球): 예전 유구 제도(諸島)에 있던 나라 이름. 지금의 오키나와(沖繩).
56 에조(蝦夷): 일본 열도 중 북해도에 살고 있는 민족인 아이누 족을 가리키는 말.

조가 말함: "도호토(東都)의 민가(民家)는 얼마쯤 됩니까? 성(城) 둘레는 몇 리나 됩니까?"

내가 말함: "도호토(東都)는 바로 각 지방의 평범한 사람들이 복주(輻湊)[57]하는 곳이기 때문에 집과 사람 수가 매우 많아 알 수 없습니다. 성 둘레는 나라 법이 다른 나라 사람들을 향해 어지럽게 말함을 허락하지 않기 때문에 우리들은 알 수 없습니다."

조가 말함: "그대 나라에는 온돌(溫突)이 없는데, 깊은 겨울에 있으면서 추운 기미(氣味)가 없을 수 있습니까?"

내가 말함: "우리나라에는 자리 속에 넣는 화로(火爐)가 있고, 화로 위에 가로지른 나무 모양은 지붕을 얹은 모양과 같은데, 부들로 만든 둥근 자리로 덮어 그것을 끌어안고 추위를 막습니다. 사람의 성품도 추위를 이기기 때문에 편호(編戶)[58]의 백성들이 가끔 벌거벗은 몸으로 눈 위를 다녀도 거의 추운 얼굴빛은 없습니다."

이때 사내종이 음식을 올렸는데, 바친 밥상은 일단 이 지방과 같았다. 조(趙)는 음식을 먹었고, 음식을 먹는데 숟가락과 젓가락을 함께 썼다. 내가 말함: "저는 큰 나라의 음식을 맛보지 못했습니다. 국 한

---

57 복주(輻湊): 바퀴살이 바퀴통으로 모이는 것처럼, 사람이나 물건이 한 곳으로 모여듦. 복주(輻輳).
58 편호(編戶): 민간의 호적에 편입된 집. 서민(庶民)의 집.

그릇이라도 나누어주신다면 다행이겠습니다."

조가 말함 : "그대 나라 음식 종류와 맛은 어떻습니까?"

내가 말함 : "우리나라는 평소 담백하게 먹는데, 그대 나라는 오로지 이러한 살진 고기와 상등(上等)의 곡식이 뱃속에 익숙한 것이니, 진실로 같지 않은 듯합니다."

조가 말함 : "참으로 그러할 것입니다." 조(趙)는 약품 몇 종류를 꺼내 보여주었다. 작약(芍藥)[59]은 우다(宇多)[60]에서 생산되는 것과 같았는데, 더욱 깨끗하고 희었다. 또 불환금정기산(不換金正氣散)[61]과 곽향정기산(藿香正氣散)[62] 두 가지를 꺼냈는데, 약 한 봉지의 무게는 이곳에서 처방한 약 한 봉지의 다섯 곱 정도였고 감초(甘艸)가 많았다. 곽향(藿香)[63]은 약 가게에서 매엽(埋葉)[64]이라 부르는 것과 같았는데, 더욱 향

---

59 작약(芍藥): 백작약(白芍藥)인 집함박꽃뿌리와 적작약(赤芍藥)인 메함박꽃뿌리를 합해서 이른 말. 일반적으로는 집함박꽃뿌리를 말함. 집함박꽃뿌리는 바구지과의 여러해살이풀인 집함박꽃, 산함박꽃의 뿌리를 말린 것. 혈을 보하고 통증과 땀, 피나는 것을 멈추며, 간화를 내리고 소변을 잘 보게 함.

60 우다(宇多): 일본 교토(京都)의 우타노(宇多野) 지역.

61 불환금정기산(不換金正氣散): 약재는 창출, 귤피, 반하국, 후박, 곽향, 감초. 상한, 온역, 시기감창, 곽란토사, 한열왕래, 담허식적, 두통상열, 요배구급, 비위불화, 장부허한허열, 하리적백, 산람장기, 창저 등에 씀. 『태평혜민화제국방(太平惠民和劑局方)』 처방.

62 곽향정기산(藿香正氣散): 약재는 곽향, 차조기잎, 구릿대, 빈랑껍질, 흰솔풍령, 후박, 흰삽주, 귤껍질, 끼무릇, 도라지, 구감초, 생강, 대추. 풍한에 상한데다 음식을 잘못먹고 체해 오슬오슬 춥다가 열이 나면서 머리가 아프고 명치 아래가 그득하며 배가 아프고 토하며, 배에서 소리가 나고 설사하는 데 씀.

63 곽향(藿香): 꿀풀과에 속하는 방아풀과 광곽향(廣藿香)의 옹근풀을 말린 것. 서습증(暑

기가 좋았다.

내가 말함 : "그대 나라 시호(柴胡)[65]는 매우 말랐는데, 더욱 살지고 크며 짧은 것도 있습니까?"

조가 말함 : "본래 말랐고, 짧으며 가늡니다."

내가 말함 : "백출(白朮)[66]은 다른 종류가 있습니까?"

조가 말함 : "또 창출(蒼朮)[67]이 있을 뿐입니다."

이때 높은 관을 쓰고 큰 저고리를 입은 어떤 사람이 나와 나에게 인사했다. 내가 말함 : "제가 바로 칸 도우하쿠(菅道伯)입니다. 그대의 성과 이름은 무엇입니까?"

그 사람이 말함 : "저는 김계승(金啓升)[68]으로, 용산(龍山)에 살고 있

濕症), 여름감기, 입맛이 없는데, 소화 장애, 메스꺼움, 구토, 설사 등에 씀.

64 매엽(埋葉): 땅 속에 묻어둔 잎.

65 시호(柴胡): 미나리과의 다년초인 시호와 참시호의 뿌리를 말린 약재. 간담(肝膽)의 열을 내리고 반표반리(半表半裏)증을 낫게 하며, 간기(肝氣)를 잘 통하게 하고 기(氣)를 끌어올림.

66 백출(白朮): 흰삽주. 삽주의 덩이줄기를 말린 것. 소화제로 널리 쓰임.

67 창출(蒼朮): 삽주 및 같은 속(屬) 식물의 뿌리줄기를 말린 것. 이뇨(利尿)·발한(發汗) 등에 약재로 씀.

68 김계승(金啓升): 1748년 제10차 통신사 때 별서사(別書寫)였고, 73세였음. 그와 절친했

고, 완의재(玩義齋)가 산당호(山堂号)이며, 별호(別号)는 진광(眞狂)이고, 자는 군일(君日)인데, 부사(副使) 사행(使行) 중에 따라왔을 뿐입니다."

내가 말함: "그대는 문사(文事)를 섬기는 벼슬아치가 맞습니까? 무사(武事)를 섬기는 사람입니까?"

김(金)이 말함: "문관(文官)이나 무관(武官)이 아니라, 선비입니다."

내가 말함: "일찍이 『명기(明記)』[69]를 읽었는데, 태조(太祖)[70]가 문관의 자식은 무관을 할 수 없도록 만들었고, 무관의 자식도 문관을 할 수 없도록 같게 했습니다. 그대 나라도 그러합니까?"

던 화가 최북(崔北)이 일본에 남긴 〈수노인도(壽老人圖)〉에 '수복(壽福)'이란 유묵(遺墨)이 남아있고, 일본 시즈오카(靜岡)시 시미즈 구의 세이켄지(淸見寺) 경내(境內)에 그가 남긴 '잠룡실(潛龍室)' 편액(扁額)과 망호당(望湖堂) 편액이 현존(現存)함. 이덕무(李德懋)의 『청장관전서(靑莊館全書)』 권49 「이목구심서(耳目口心書)」 2에 그에 관해 '무진(戊辰)년 통신사의 별서사로 따라갔다가 일본 정전(正殿)의 전액(殿額)을 썼었는데, 일본 산동거사(山東居士)로부터 왕우군(王右軍)이 썼는지 진광(眞狂)이 썼는지 모를 정도라는 평을 받았다. 김계승은 필법이 특이하고 뛰어났으며 사람됨이 활달했다.'는 기록이 있음.
69 『명기(明記)』: 『명기집략(明記輯略)』. 명(明)대 주린(朱璘)이 저술한 역사서. 이 책에는 조선 태조 이성계(李成桂)가 고려 권신 이인임의 아들이란 내용이 들어 있고, 인조반정(仁祖反正)을 부정하며 광해군(光海君)을 옹호하는 내용이 담겨 있음. 주린은 이외에도 『강감회찬(綱鑑會纂)』, 『명사강목(明史綱目)』 등을 저술했는데, 영조(英祖)는 이 책들을 모두 폐기토록 했고, 이에 불응하는 사람은 지위를 막론하고 극형에 처했음.
70 태조(太祖): 주원장(朱元璋, 1328-1398). 중국 명(明)나라의 초대 황제(재위: 1368-1398). 홍건적에서 두각을 나타내 각지 군웅들을 굴복시키고 명나라를 세웠음. 동시에 북벌군을 일으켜 원나라를 몽골로 몰아내고 중국의 통일을 완성, 한족(漢族) 왕조를 회복시킴과 아울러 중앙집권적 독재체제의 확립을 꾀하였음.

　　김이 말함 : "우리나라는 문관과 무관을 아울러 쓰는데, 문관의 자식이 어쩌다 무관이 되도 그 명환(名宦)[71]을 잃지 않지만, 무관의 자식이 어쩌다 문관이 되면 명환이 될 수 없을 뿐입니다. 저는 신라(新羅) 왕손(王孫) 8대(代) 상(相)의 자손인데, 안팎으로 혈통이 가까운 일가에 무관은 없습니다."

　　내가 말함 : "그대는 바로 큰 나라의 왕손이니, 공경하는 마음을 일으키고 일으킵니다."

　　김이 말함 : "어찌 공경함이 있겠습니까?"

　　내가 말함 : "『평양록(平壤錄)』[72]에 그대 나라 '김(金) 성은 바로 금천씨(金天氏)[73]의 후손이다.'라 말했습니다. 그대 나라에는 이러한 설명이 없습니까?"

　　김이 말함 : "김(金) 성은 또한 몇 갈래가 있어서 똑같지 않을 따름입

---

71 명환(名宦): 현귀(顯貴)하고 요로(要路)에 있는 벼슬. 고위(高位). 명성이 높은 벼슬아치. 명관(名官).

72 『평양록(平壤錄)』:『양조평양록(兩朝平攘錄)』. 명나라 제갈원성(諸葛元聲)이 찬한 책으로, 저자가 목도(目睹)한 다섯 가지 큰일을 한 권에 한 가지씩 기술하였음. 임진왜란과 관련된 조선 측 사실이 많이 실려 있음. 5권.

73 금천씨(金天氏):『삼국사기(三國史記)』41,「열전(列傳)」1, 〈김유신(金庾信)〉상(上)에 신라인들이 스스로 소호금천씨(少昊金天氏)의 후손이라 했던 것으로 나옴. 그러나 20세 풍월주 예원공은 '금천씨가 어떻게 신이 되겠는가?'라고 하며, 이 사실을 부정하고 있음. 예원공은 일광의 신이 시조라고 말했는데, '일광'은 혁거세를 의미함.

니다."

이때 어떤 심부름하는 아이 하나가 처마 밑을 오갔다. 내가 말함:
"심부름하는 아이 가운데 글 잘하는 사람이 있다고 들었는데, 이 아이
입니까?"

조(趙)가 말함 : "이 어린 아이는 글을 할 수 없을 것입니다."

노로(野呂) 선생이 이때 가져온 술을 꺼내 각자에게 전해 마셨다. 조
가 말함 : "지나온 길에 만난 술은 맛이 매우 나쁜 듯했는데, 지금 이
술은 매우 맑고 향기가 사랑할만합니다. 그대 나라 술 만드는 방법도
많습니까?"

내가 말함 : "우리나라에는 맛좋은 술이 매우 많은데, 이케다(池田)[74]
와 이타미(伊丹)[75]의 것을 가장 좋은 물품으로 삼습니다. 또 소주(燒酒)
도 있는데, 사츠마주(薩摩州)[76]에서 나와 전해집니다. 소주는 본래 류
큐(琉球)로부터 왔는데, 류큐는 사츠마에 예속되었기 때문에 사람들이
사츠마주에서 나오는 것이라고 합니다."

---

74 이케다(池田): 일본 오사카(大阪) 북쪽 지역. 이곳에 고토바상황(後鳥羽上皇)의 별궁
  터가 있고, '별궁의 물'이라 불리는 관서지역 최고의 약수가 솟아남. 이 덕분에 예로부터
  이름난 술의 생산지로 유명함.
75 이타미(伊丹): 일본 교토(京都) 지역 옆의 효고현(兵庫縣) 남동부에 있는 도시.
76 사츠마주(薩摩州): 일본 규슈(九州) 남단에 있는 가고시마현(鹿兒島縣) 서부 지역.

조가 말함 : "이 술 이름이 소주입니까?"

내가 말함 : "이것은 소주가 아닙니다."

나는 이때 절구(絕句) 한 수를 지어 김계승(金啓升)에게 주었다.

머나먼 곳 떠도는 나그네의 저고리	萬里飄飄遊子衣
강산 어느 곳으로 흰 구름 떠가는지	江山幾處白雲飛
향기로운 풀 우거지고 봄바람은 다하니	萋萋芳草春風盡
왕손은 어느 날 돌아갈지 알지 못하겠네	不識王孫何日歸

조가 말함 : "김(金) 선생은 이미 떠나간 듯하니, 그것을 전해드림이 마땅할 뿐입니다."

내가 말함 : "그대를 번거롭게 합니다."

내가 말함 : "그대 나라에 어떤 산서(山鼠)[77]는 크기가 소만하다 하고, 사투리로 족지비(足紙飛)라 하던데, 이러한 말은 아마도 망령됨이 틀림없습니다."

조가 말함 : "매우 큰 것은 어린 강아지만 하지만, 앞의 말은 모두 망령될 뿐입니다."

---

77 산서(山鼠): 다람쥐. 또는 산에 사는 멧쥐.

내가 말함 : "청필(靑筆)[78]이 바로 산서의 털이라던데, 확실히 그러합니까?"

조가 말함 : "그러할 것입니다."

내가 노로(野呂)·카와무라(河村) 두 분을 대신해 글로 써서 말했다. 두 선생은 '앉아 있은 지 이미 오래인 듯해, 이제 작별을 고하고 떠나가고자 합니다. 5일째 되는 날 와서 뵙기를 원하는데, 허락하실지 안 하실지 모르겠습니다.'라 말했다.

조가 말함 : "만약 이와 같다면, 감사하고 다행이겠습니다. 그대도 두 선생과 함께 오셔서 만납시다."

내가 말함 : "재주 없는 저도 이날 뒤따를 뿐입니다. 기(奇) 선생의 필담은 키씨(紀氏)에게 물었는데, 키씨는 '이미 이것은 그대 나라 사람들과 시문(詩文)을 지어 서로 주고받은 것이니, 여기저기 드려도 무슨 거리낌이 있겠는가? 다시 만나는 날 받들어 드리도록 하라.'고 말했습니다."

조가 말함 : "만일 다시 찾아와 주신다면 어찌 기쁨만 더하겠습니까? 기 선생의 시와 필담은 만약 보게 된다면 더욱 다행이고 다행이겠습니다." 마침내 서로 인사하고 헤어졌다.

---

78 청필(靑筆): 청설모의 털로 만든 붓.

5일째 되는 날 사시(巳時)[79]에 혼간지(本願寺)에 도착했다. 이날은 니와 세이하쿠(丹羽正伯)[80] 선생이 관청의 명으로 와서 조(趙)에게 일을 묻고 있어서, 다른 사람이 자리를 함께 함은 허락되지 않았다. 나는 바깥마루에서 사시(巳時)부터 미시(未時)[81]까지 기다렸지만, 조(趙)를 만나보지 못했다. 나는 키씨(紀氏)에게 '관의(官醫)가 이미 임금의 명령을 받들고 왔으니, 만나보기 어려움은 진실로 당연할 것입니다. 비록 그러하나 한번 떠나가면 다시 만나볼 수 없습니다. 만약 만나볼 수 있으려면, 그대가 은덕(恩德)을 내려주셔야 합니다.'라 말했다. 키씨가 '그대는 빨리 떠나가고, 오래 앉아있지 말라.'고 말했다. 나는 '알겠다.'고 말했다. 키씨를 따라 그 안방에 도착했는데, 방에서 조(趙)는 편안해보였고, 행리(行李)[82]도 머물러 있었다. 원래 의심스러운 일 10조목(條目) 남짓을 가지고 조(趙)에게 따져 묻고자 했으나, 뒤섞이고 쓸데없어 마침내 결과도 없었다.

내가 말함 : "오늘 다시 와서 그대를 번거롭게 합니다."

---

79 사시(巳時): 오전 9시에서 오전 11시까지의 동안.
80 니와 세이하쿠(丹羽正伯): 니와 테이키(丹羽貞機, 1691-1756). 자는 정백(正伯). 호는 양봉(良峯). 8대 쇼군(將軍) 도쿠가와 요시무네(德川吉宗)의 명을 받아, 1721년 요절(夭折)한 의사 하야시 료키(林良喜)의 뒤를 이어 의관 고노 쇼앙(河野松庵)과 함께 30년간 조선의 약재(藥材) 조사를 실시했던 의관이자 에도(江戶)시대 중기 대표적 본초학자. 저서에『서물류찬(庶物類纂)』·『제국산물장(諸國産物帳)』등이 있음. 1748년 6월 5일부터 12일까지 조숭수(趙崇壽) 등과 만나 나눈 필담을 정리한『양동필어(兩東筆語)』3책을 남겼음.
81 미시(未時): 오후 1시에서 오후 3시까지의 동안.
82 행리(行李): 당(唐)대 관아에서 도종(導從)하던 사람. '도'는 앞에서, '종'은 뒤에서 인도하는 사람.

조가 말함 : "그 약속을 잊지 않았으니, 미더운 선비라 말할만할 것입니다."

내가 말함 : "그대가 앓던 병은 조금 나아지셨습니까?"

조가 말함 : "제가 앓던 병은 낫지 않았습니다. 수고스럽게 물어주시는군요."

내가 말함 : "어떠한 병을 앓으시고, 드시는 것은 무슨 약방(藥房)[83]입니까?"

조가 말함 : "바다 위에서 바람과 이슬을 많이 받아, 머리가 아프고 매우 괴로우며, 또 비위(脾胃)를 상해서 먹고 마실 수 없으며, 약은 며칠째 먹고 있지만 유쾌할 수 없을 따름입니다."

내가 말함 : "아마도 이것은 비기(脾氣)가 울(鬱)[84]됨이고, 비위가 상함은 아닙니다."

이때 키씨가 와서 '관의는 오래 머무르고도 어째서 나가지 않는가?'라 했고, 조(趙)는 배회하다 앉았다. 내가 말함 : "다시 그대를 번거롭게 한다고 관의에게 들었습니다. 객지살이 가운데 일이 매우 많아 아마

---

83 약방(藥方): 의사가 병을 치료하기 위해 쓰는 처방전.
84 울(鬱): 울증(鬱証). 마음이 편안치 않고 기(氣)가 몰려있는 병증.

도 병이 더하는 것입니다."

조가 말함 : "여러분이 와서 청하니, 병으로 사양하기도 어려운데, 어찌 하겠습니까? 그대와 제가 함께 외당(外堂)[85]으로 나감이 어떻겠습니까?"

내가 말함 : "조정(朝廷)의 관의(官醫)를 시켜서 그대에게 일을 물으니, 오늘은 곁에 있을 수 없습니다."

조가 말함 : "그렇다면 어느 날 다시 서로 만나볼 수 있습니까?"

내가 말함 : "서로 만나봄은 아마도 기약이 없겠습니다. 약속한 바, 기(奇) 선생이 주고받은 시문(詩文)을 모은 기록은 어제 친구 되는 한 사람이 가져갔기 때문에 오늘 드릴 수 없으니, 내일까지 기다려주시기 바랍니다. 이 작은 책은 우리나라 소라이(徂徠)[86] 선생이란 사람이 절구(絶句) 조각에 주(註)를 단 것입니다. 그것을 읽으시면 객지살이 가운데 외롭고 쓸쓸함을 달랠 수 있습니다."

조가 말함 : "시(詩)를 보내주셔서 마치 매우 많은 돈을 얻은 듯하니,

---

85 외당(外堂) : 안채와 따로 떨어져, 바깥주인이 거처하는 곳. 사랑(舍廊).
86 소라이(徂徠) : 오규 소라이(荻生徂徠, 1666-1728). 에도(江戶)시대 중기의 유학자, 사상가, 문헌학자. 원래 성명은 모노베 소우쇼우(物部雙松). 자는 무경(茂卿). 호는 조래(徂徠). 고학파(古學派)의 한 사람으로, 한당(漢唐) 이후의 유학을 배척하고, 고대의 유학만이 의의가 있다고 주장했으며, 실제로는 주자학의 지배로부터 탈피하고자 했음. 특히 현실 사회에 맞는 사고를 중시해야 한다고 주장했음.

두텁고 인정 있는 마음에 감사드립니다. 그대가 '다시 찾아오기 어렵
다.'고 하셔서 몹시 서운함을 이길 수 없을 듯합니다. 문지기가 그것을
가로막는지 모르십니까?"

내가 말함 : "키씨(紀氏)가 우리들로 하여금 몇 번씩 만나봄을 허락하
지 않았고, 문지기가 가로막는 것은 아닙니다. 뒤에 만나기는 정말 어
려울 것입니다. 이 시는 우리나라 임금이 명(命)한 것인데, 그대는 오늘
일이 많으니, 한가함을 얻어 한번 살펴보신다면 다행이겠습니다."

조가 말함 : "이 사람은 누구입니까?"

내가 말함 : "이것은 저인데, 유사(游事)[87]한 것이니, 곧 우토(宇土)[88]
의 제후입니다."

조가 말함 : "임금의 종족(宗族)입니까? 어느 땅에 있습니까?"

내가 말함 : "제후는 바로 개국공신(開國功臣) 미나모토 타다오키(源忠
興)[89]의 후예입니다. 타다오키는 서자(庶子)로 우토에 봉(封)해졌고, 자손

---

87 유사(游事): 다른 나라에 가서 다른 사람을 섬기려 함.
88 우토(宇土): 일본 규슈(九州) 서부에 위치한 구마모토현(熊本縣)에 있는 땅 이름.
89 미나모토 타다오키(源忠興): 호소카와 타다오키(細川忠興) 또는 나가오카 타다오키(長
岡忠興). 전국시대(戰國時代)와 에도시대(江戶時代) 전기의 무장(武將). 탄고미야즈(丹
後宮津) 성주(城主)와 토요타오구라(豊前小倉) 번주(藩主)를 지냈음. 구마모토번(熊本
藩) 호소카와가(家)의 초대(初代).

이 선대(先代)의 봉작(封爵)을 이어받아 지금까지 제후입니다."

조가 말함 : "노로(野呂) 선생과 카와무라(河村) 선생은 어째서 들어오지 않습니까?"

내가 말함 : "카와무라 선생은 이미 손님을 접대하는 대청(大廳)에 있다고 들었고, 노로 선생은 오지 못했습니다."

조가 말함 : "카와무라 선생은 어째서 들어오지 않습니까?"

내가 말함 : "무슨 이유인지 모르겠습니다."

조가 말함 : "우토(宇土)는 여기에서 거리가 몇 리나 되고, 어느 지방에 있습니까?"

내가 말함 : "나라는 바다 서쪽에 있고, 지금 이수(里數)[90]로 3,600리입니다. 그대 나라 1리는 중원(中原)의 1리와 틀림없이 똑같습니까?"

조가 말함 : "그러할 것입니다."

내가 말함 : "옷차림은 바로 명(明)나라 형식입니까? 그대 나라에서 따로 만들었습니까?"

----

90 이수(里數) : 도정(道程). 거리를 이(里)의 단위로 측정한 수.

곁에 조덕조(趙德祚)[91]란 사람이 있다가 글로 써서 말함 : "옷차림은 본래 바로 주(周)대의 형식입니다."

내가 말함 : "작은 것은 무엇입니까?"

조가 매우 많은 종이를 꺼내 말함 : "작은 물건이 어찌 말하는데 충분하겠습니까? 오직 정(情)을 드러낼 뿐입니다."

내가 말함 : "배욕(拜辱)[92]했습니다. 이 종이 이름은 무엇입니까?"

조가 말함 : "이름은 간지(簡紙)[93]입니다."

키씨(紀氏)가 와서 말함 : "니와(丹羽) 선생은 손님을 접대하는 대청(大廳)에 앉아 있은 지 이미 오래입니다. 어째서 나가지 않을까요?" 나는 갑자기 바쁘게 작별을 고하고 떠나왔다.

---

91 조덕조(趙德祚, 1709-?): 자는 성재(聖哉). 호는 송재(松齋). 전(前) 주부(主簿)였음. 1748년 제10차 통신사 때 의원이었음.

92 배욕(拜辱): 빈(賓)이 절해 감사를 표시하는 배사(拜謝)에 대해 주인이 욕되게 하였다고 사례하는 절차.

93 간지(簡紙): 편지지.

조숭수(趙崇壽)에게 줌

압록강과 계림[94]은 손바닥 사이인데	鴨綠鷄林指掌間
어찌하여 이곳에 주안[95]이 머무는가	如何此處駐朱顔
인삼 다섯 잎도 봄이 하마 한창일 테고	人蔘五葉春應遍
오랜 세월 경치는 장백산일세	萬古風光長白山

조(趙)가 화답함

바다와 산 사이를 무성하게 몇 번 날아	沈沈數翔海山間
일본에 이르지도 못하고 이미 얼굴빛 초췌하네	未到搏桑已減顔
큰 약으로 머무르는 동안 그대는 말 없으니	大藥駐年君莫說
고향 산에 돌아가 누움만 못하리	不如歸臥故鄕山

내가 다시 화답함

고운 빛으로 물든 53개 역 사이	五十三驛彩雲間
다만 길의 경치가 활짝 웃을 수 있게 하네	但道烟霞堪解顔
미인(美人)은 눈처럼 흰 빛 바라보길 구하지 않으니	不向芙蓉觀雪色

---

94 계림(鷄林): 신라(新羅)·경주(慶州)의 옛 이름. 원래 시림(始林)이란 지명이 있었으나, 김알지(金閼智)가 태어난 뒤 계림이라 고치고 나라 이름으로 정함. 후세에는 우리나라 전체를 이름.

95 주안(朱顔): 불그스름하고 윤이 나는 안색. 젊은 시절의 아름다운 얼굴 모습.

이곳이 바로 삼산[96]임을 어찌 알리오　　　　　何知此處是三山

조승수와 함께 카와무라(河村) 선생의 시를 사용해 급하게 지음
도우하쿠(道伯)

방안의 모든 사람 잔에 술 담고 저녁 해는 걸렸는데　堂杯酒夕陽懸
이제 가면 편지는 전할 수 없겠지　　　　　　　　此去鴻書不可傳
새재[97] 가을바람 타고 돌아가는 날이니　　　　　鳥嶺秋風歸臥日
그리운 때에 〈백운편〉[98]을 보내리　　　　　　相思時贈白雲篇

카와무라 선생의 시를 다시 사용해 칸(菅) 선생에게 받들어 답함
조승수

방안에서 서로 바라보니 두 마음 드러나고　　　　一堂相看兩情懸
필담과 시장[99]은 술에 기대 전하네　　　　　　筆話詩腸憑酒傳
다른 날 고향에서 그리워 꿈을 꾸면　　　　　　他日故鄉相思夢
바로 응해 〈낭음〉[100]편을 주고받으리　　　　正應酬唱浪吟篇

---

96 삼산(三山): 삼신산(三神山). 신선이 살고 있다는 세 산. 삼구(三丘). 중국 전설에 나오
　는 봉래산(蓬萊山)·방장산(方丈山)·영주산(瀛洲山).
97 새재: 문경새재. 경상북도 문경시 문경읍 상초리에 있는 고개.
98 〈백운편(白雲篇)〉: 고향의 어버이를 생각하며 그리워하는 시편. 남조(南朝) 제(齊)나
　라 시인 사조(謝脁)의 〈배중군기실사수왕전(拜中軍記室辭隨王箋)〉 시에 '흰 구름은 하
　늘에 떠 있건만, 용문 땅은 보이지 않네.(白雲在天 龍門不見)'라는 구절에서 유래한 것.
　또는 산림처사(山林處士)가 지은 시를 의미하기도 함.
99 시장(詩腸): 흥취를 느껴 시를 짓는 심사. 시정(詩情).

조(趙) 경로(敬老)에게 준 편지

아름다운 용모를 이어받은 사람도 겨우 한두 번입니다. 어째서 저로 하여금 함장(函丈)[101]을 간절히 그리워하고 기쁜 마음으로 그리워해 이미 때도 잊어버리게 하십니까? 돌아가실 길이 가까이 있는데, 객관(客館) 안에 이미 일이 많아 집밖에 신발이 가득 찼으니, 편지만 서로 거듭합니다. 비록 이처럼 그대가 장자(長者)[102]이면서도 후배 꾀어내기를 그만두지 않으시고, 저의 미친병도 사랑하시니, 제가 어찌 두꺼운 낯가죽으로 몇 번이나 만나 뵙기를 청할 수 있을 것이며, 장자로 하여금 날마다 아침저녁으로 대접하시게 하겠습니까? 그 이후에 나오시기를 청하겠습니다. 아! 각각 하늘의 한 쪽에 있고, 그대와 저는 이미 다른 나라 다른 풍속이니, 비록 주후(肘後)의 일[103]을 청해 서로 따르고자 하더라도 어찌할 방법이 없을 따름입니다. 기(奇) 선생이 주고받은 시문(詩文)을 모은 기록은 옆에 바치기로 약속드립니다. 산과 바다 머나먼 길 그대 스스로 틀림없이 몸 아끼시기를 간절히 바랍니다. 칸 도우하쿠(菅道伯) 돈수(頓首)[104]

---

100 〈낭음(浪吟)〉: 조선 중기 중종·인종·명종 때의 문신이자 김개의 문인이었던 박수량(朴守良, 1491-1554)의 시.

101 함장(函丈): 존경하는 선배나 스승에 대한 경칭.

102 장자(長者): 어른. 존귀하고 현달(顯達)한 사람. 덕망이 높은 사람.

103 주후(肘後)의 일: 주후방(肘後方). 몸에 지니고 다니는 간단한 처방. 진(晉)의 갈홍(葛洪)이 지은 의서인『주후비급방(肘後備急方)』8권의 책 수가 많지 않아 항상 지니고 다닐 수 있었던 데서 이름.

104 돈수(頓首): 공경(恭敬)해 절을 할 때, 머리를 땅에 닿도록 꾸벅임. 편지의 첫머리나 끝에 경의를 표(表)하기 위해 쓰는 말.

다시 칸 선생에게 받듦

몇 차례 서로 받들었으나, 소란했기 때문에 조용함을 이루지 못해 마음속에 한(恨)이 있고, 오직 다시 감사드림으로 뜻을 삼습니다. 어찌 편지 한통만 와서 갑자기 책상 위에 떨어질까요? 비로소 그대가 나를 다시 찾아오지 못함을 곧 이 편지로 알겠으니, 멀리 서로 헤어지는군요. 한번 헤어진 뒤로는 구름 걸린 높은 산이 만 겹이니, 비록 서로 묻고자 하더라도 얻을 수 있겠습니까? 머나먼 곳으로 사람을 보내고 고향으로 돌아오니, 절대로 갑작스레 바쁘게 쓸 말을 드러내지 못합니다. 무진(戊辰) 음력 6월 조선국 활암(活菴) 조숭수(趙崇壽)

조선 양의(良醫) 활암 조(趙) 선생께 받드는 글

대체로 맑음과 흐림을 나눠 구별하고, 사물의 시작을 만들고 기르는 5운(五運)[105]의 운행은 목(木)[106]을 가지고 처음 시작을 삼으며, 하늘과 땅이 부재(覆載)[107]합니다. 하늘과 땅이 처음 만들어지고 이 세상의 가운데에 오직 동쪽으로 우두머리 됨은 그러므로 조선(朝鮮)인 단군(檀君)의 나라입니다. 번쩍이는 빛은 더욱 밝고 자기(紫氣)[108]가 허공에 엉겼으며,

---

105 5운(五運): 수(水)·화(火)·토(土)·금(金)·목(木)의 상호 추이(推移).

106 목(木): 5행(五行)의 하나로, 방위로는 동(東), 계절로는 봄, 간지로는 갑을(甲乙), 인륜(人倫)으로는 신(臣), 5음(五音)으로는 각(角), 5성(五星)으로는 세성(歲星), 5상(五常)으로는 인(仁), 5미(五味)로는 산(酸), 5취(五臭)로는 누린내(羶)에 해당함.

107 부재(覆載): 하늘은 만물을 덮고, 땅은 만물을 실음. 감싸고 보호해 양육함을 이름.

108 자기(紫氣): 자줏빛의 서기(瑞氣). 제왕이나 성현의 출현에 대한 전조(前兆)로 나타

산과 큰 강의 이로움이 무너지지 않음을 길이 바라봅니다. 일본은 신선 (神仙)이 산다는 땅으로, 황금은 맑게 모이고 붉은 빛이 하늘을 쏴 두루 북극성(北極星)의 몸에 아룀 수 있음을 알겠습니다. 3한(三韓)[109]은 4군(四 郡)[110]이었고, 7도(七道) 8주(八州)인데, 땅에 이미 정령(精靈)[111]의 기운이 있고, 여러 고을에 한경(漢京)[112]의 빛이 있습니다. 사람들은 편안히 굳세 고 곧은 마음의 덕을 갖춰, 많은 나라에 코우토(江都)를 살펴보지 않아 도, 대사(大使)[113]가 멀리 이르러 글을 품어서 대신 마칩니다. 도로(道路) 와 담 안을 살펴보면, 어린아이를 끌고 늙은이를 부축하며, 앞에서 몰고 뒤에서 오르니, 얼마나 위엄 있는 모습이 빛납니까? 대개 사마(駟馬)[114]는 그 기상(氣象)이 뜻을 이루어 만족한 듯하니, 또한 이것은 잘 다스려져 조용한 세상의 장관(壯觀)이고, 태평한 시대의 훌륭한 일입니다. 겸손한 양의(良醫) 활암(活菴) 조(趙) 선생! 일찍 깃을 닦은 봉(鳳)새는 쓸데없고, 계림(雞林)이란 이름을 제멋대로 하게 됩니다. 〈영란(靈蘭)〉에서 '비전(秘 典)'[115]을 찾고, 〈금궤(金匱)〉에서 '진언(眞言)'[116]을 얻으십시오. 『침중(枕

난다고 함. 자기동래(紫氣東來).

109 3한(三韓): 상고시대에 우리나라 남부에 있던 세 나라. 마한(馬韓)·진한(辰韓)·변 한(弁韓). 또는 고구려(高句麗)·백제(百濟)·신라(新羅).

110 4군(四郡): 한무제(漢武帝)가 위만조선(衛滿朝鮮)을 멸하고 설치한 네 군(郡). 낙랑 (樂浪)·임둔(臨屯)·진번(眞蕃)·현도(玄菟). 한4군(漢四郡).

111 정령(精靈): 천지간의 만물을 생성(生成)하는 근원. 정기(精氣).

112 한경(漢京): 조선의 한성(漢城). 또는 중국의 남경(南京).

113 대사(大使): 임금의 명을 받들고 일을 행하는 정사(正使).

114 사마(駟馬): 네 말이 그는 수레. 또는 그 말.

115 〈영란(靈蘭)〉에서 '비전(秘典)': 『황제내경(黃帝內經)』 「소문(素問)」의 제8편인 〈영 란비전론(靈蘭秘典論)〉. 주로 장부(臟腑)의 생리에 대해 다루었음.

116 〈금궤(金匱)〉에서 '진언(眞言)': 『황제내경(黃帝內經)』 「소문(素問)」의 제4편인 〈금

中)』[117]은 귀중한 보배이니 많은 사람들을 춘대(春臺)[118]에 오르게 하고, 『주후(肘後)』는 기이한 처방이니 이 백성들을 수역(壽域)[119]에 오르게 합니다. 편작(扁鵲)이 발해(渤海)[120]에 다시 태어나고, 창공(倉公)[121]이 마침내 침술(鍼術)을 받아, 실제로『동의보감(東醫寶鑑)』이 되었습니다. 하필『천원옥책(天元玉冊)』[122]을 신선의 돛단배에 걸어놓고 큰 바다를 건너셨습니까? 배 근처에서 약을 캐어 코우토우(江東)[123]에 매어두고, 사신(使臣)의 수레를 따라 다른 나라에 들어오셨습니다. 국수(國手)인 의원의 손이 멀리 바다 밖까지 미쳤으니, 고치기 어려운 병들로 얼마 남지 않은 목숨들을 지켜 곧고 바르게 해주시기를 우러러 바라고, 잡과(雜科)만 오로지 연구하셨으니, 얼굴빛을 받들고 목소리와 기침을 받들어주시기 바랍니다. 저는 마치 수택(藪澤)처럼 의술이 시원치 않은 의원이자, 에도(江戶) 지역의 하찮은 의원입니다. 태어나면서 이미 재목이 아니었고, 식견도 천박하고 용렬(庸劣)합니다. 어려서는 비록 돌아가신 아버지의 가르침을 받았지만, 자라서는 헌기(軒岐)[124]의 학교에도 오르지 못했습

궤진언론(金匱眞言論)〉. 주로 음양(陰陽) 5행(五行)의 이치를 설명함.

117 『침중(枕中)』:『침중방(枕中方)』. 당(唐)대 약왕(藥王) 손사막(孫思邈, 581-682)의 저서.

118 춘대(春臺): 밝은 봄 경치를 조망(眺望)하는 돈대(墩臺).

119 수역(壽域): 잘 다스려져 사람들이 천수(天壽)를 누리는 태평 세상.

120 발해(渤海): 황해의 일부(一部). 산동반도(山東半島)와 요동반도(遼東半島)에 둘러싸인 바다. 여기에서는 우리나라를 가리킴.

121 창공(倉公): 한(漢)대의 명의(名醫). 성은 순우(淳于), 이름은 의(意). 태창(太倉)의 장(長)이었으므로 부르는 말.

122 『천원옥책(天元玉冊)』: 복희(伏羲)씨가 지었다는 의서(醫書).

123 코우토우(江東): 일본 아라카와(荒川)강 하류인 스미다강(隅田川) 동쪽의 도쿄도(東京都) 일부 지역.

니다. 뜻을 괴롭게 하고 마음 졸여 애태워도 한갓 쌀알만 하며, 절굉(折肱)[125]하고 추고(錐股)[126]해도 헛되이 둔한 재주임을 부끄러워하게 됩니다. 함장(函丈)을 찾아도 망설이고, 침(針) 한쪽을 품어도 머뭇거립니다. 비록 그러하나 둔한 말은 울지 않으면 백락(伯樂)[127]을 편하게 돌아보고, 큰 종은 두드리지 않으면 큰 소리를 일으키기 어렵기 때문에 한번 용문(龍門)[128]을 기어올라 외람되이 턱밑을 더듬어 찾겠습니다.[129] 바라건대, 사랑이 넘치는 교훈을 베푸셔서 어두운 마음을 길이 일으켜 주십시오. 이곳을 지나 돌아가시는데도, 그만둘 바를 모르겠습니다.

　대려필어 끝

　　　　코우토(江都) 마에다 도우하쿠(前田道伯) 선생 지음

---

124 헌기(軒岐): 헌원씨(軒轅氏)와 기백(岐伯). 모두 전설적인 의술의 개조(開祖). 인신해 뛰어난 의술.
125 절굉(折肱): 팔을 꺾는다는 뜻으로, 수업(修業)에 신고(辛苦)와 경험을 쌓는다는 의미.
126 추고(錐股): 소진(蘇秦)이 자기 다리를 송곳으로 찔러 졸음을 물리치고 공부했다는 고사(故事).
127 백락(伯樂): 중국 진(秦)나라 때 사람. 본명은 손양(孫陽). 말(馬)의 감정을 잘 했으므로, 널리 말에 관한 일에 밝은 사람의 뜻으로 쓰임.
128 용문(龍門): 중국 황하(黃河) 상류에 있는 산 이름. 또 그곳을 통과하는 여울목의 이름. 잉어가 이곳을 거슬러 오르면 용이 된다고 함.
129 턱밑을 더듬어 찾겠습니다: 『장자(莊子)』 「열어구(列禦寇)」에, '천금 같은 구슬은 반드시 깊은 못 속에 숨어 있는 검은 용의 턱 밑에 있는 것이다.(夫千金之珠 必在九重之淵 而驪龍領下)'라 한 데서 온 말인데, 전하여 천금 같은 구슬이란 곧 뛰어난 문장(文章)을 의미함.

연향(延享) 5 무진(戊辰)년 6월

에도(江戶) 닛폰바시도리(日本橋通) 1정목(壹町目)
서방(書房) 이즈모지(出雲寺) 이즈미 텐(和泉椽) 발행(發行)

對麗筆語 全

對麗筆語 敍

朝鮮醫, 雖稱博讀諸書, 所誦者, 不過入門・正傳二出, 難經旣已無
註, 本是其所學, 可知也已. 當
今
大和醫學, 隆起上自 官醫, 諸光生下至藪澤, 醫流無不取法於靈・
素, 而所方於千金・外臺也.
比諸彼方, 醫局從宋後, 而稱無敵于天下者, 則豈可以回日, 而論也?
菅君筆語數刊, 嗚呼! 是亦
足以觀海內昇平, 醫以爲人也.

大和 延享五 戊辰 六月 糟壁 開根

東里 序

對麗筆語

江都 萱道伯夷長著

延享五戌辰年五月, 朝鮮三使來聘, 六月三日, 余會其良醫趙崇壽於本願寺. 官醫呂·河二君, 亦至. 崇壽字敬老号活菴年可四十. 戴紗帽, 身著淺靑色服.

余書曰 不佞姓萱名道伯, 字夷長江都人自号純陽.

趙曰 公年歲幾許, 而從師何人耶?

余曰 不佞春秋三十七, 先人所業不敢廢墮, 今日是好日, 天賜相見, 實爲萬幸. 聞之紀氏, 公近日有微恙, 今日旣愈快也.

趙曰 疾已少瘳, 而荷公問, 感感. 公平日所工, 自何書始?

余曰 不佞幼失先人, 雖取素難而讀之, 古文苦澁, 每苦難通. 故至今日, 無所成就. 貴邦醫者, 所讀何等醫書?

趙曰 讀書之法, 自易而及難, 先讀素難, 似過矣. 弊邦醫者, 每自入門正傳等書始硏熟, 然後進於素難. 正傳辭意明白, 入門歸趣細密, 若倂而行之, 則雖行于天下, 無敵者. 如非高材特見, 而先讀素難, 則難得其奧意也. 博讀諸家, 然後可以窺其深邃也. 若妄自高大, 則畵虎不成, 反類狗者也. 僕豈有所見也? 但以愚意言之耳. 公如領可則幸矣.

余曰　謹領教意, 不敢遺忘. 雖然聞之先人, 爲學之道, 先攻其難者. 難者旣通, 則易者可不攻, 而通也. 今欲通素難奧意, 而先讀入門正傳及近世之書, 恐無此理.

趙無語, 余欲再開口, 趙曰　公居在城中耶? 有靈素全帙耶?

余曰　居在城南三田, 距此二十里. 旣稱醫者, 何醫書之不蓄也.

趙曰　有難經耶?

余曰　難經此方所專行者, 滑壽註. 我大阪有見宜先生者, 著難經或問, 又有玄醫先生者, 著難經註. 各似勝滑氏註.

趙曰　越人難經, 後世何人, 敢言其蘊奧也? 此等說, 公莫敢也. 非古註則不可也.

余曰　公未讀諸註, 何故胡亂說? 且所道古註, 是何等人所註.

趙曰　難經本無註, 可以意解.

余曰　聞貴國長白山產人參, 最是上好人參. 勝他所出, 不知信然耶?

趙曰　不獨長白山, 諸名山皆產焉, 而以北路產者爲最.

余曰　我國近道所所出鬚參, 味甚苦. 用之法, 浸甘草水, 而炙之, 貴國亦有鬚參耶?

趙曰 貴國參說, 只對河公言之耳, 非眞參, 幸勿混用也.

余曰 東醫寶鑑曰, 貴國無疑冬. 此物山野多在, 恐是貴國之人, 不知形狀?

趙曰 取用中原來者.

余曰 東醫寶鑑, 是貴國許浚氏所著, 許氏何處人?

趙曰 許公, 是洛陽人.

余曰 聞火炮匠金福戈, 春精火藥, 爲烈火所傷, 死生如何?

趙曰 大坂移發, 時留置船所, 其死生未可知也.

余曰 此方近年有一種病, 其症之起始甚微矣. 但覺兩脚痿弱, 四五日後, 呼吸短促, 腫自脚入腹, 須更死矣. 脉洪實, 症似千金所論風毒脚氣也, 醫以似故用千金方, 而治之不瘳. 近時一二有識醫者, 爲脾氣所鬱結而治之, 間有瘳者. 不知貴邦, 亦有此病耶?

趙曰 是卽脚氣衝心之候. 脉當沈緊而短, 不當洪實也. 且自緩而急, 非卒暴致之也. 病之疑似者何限? 而弊邦亦未嘗見之耳.

趙讀余扇面詩曰 是何人作?

余曰 此我國南郭服先生, 題富山詩.

趙曰 眞佳作也. 先生居何處?

余曰 此人隱居都下, 博覽强識, 上自墳典, 下至諸子百家, 無所不究. 最善詩, 諸體無所不具也. 賤後世文辭, 而專修古文辭也. 此方學者仰之, 如泰山北斗, 列國諸侯, 爭辟之不起. 以不佞觀於是, 日本開闢以來, 所未嘗有之人材也.

趙曰 先生令年幾許? 有子幾人?

余曰 先生年旣七十, 有二子, 次子先亡, 長子尋亡.

趙曰 可謂不幸矣. 西京聞有郭西翁者, 未得見其人, 果隱者耶?

余曰 凡有德之士, 隱愈深, 而知者愈衆. 郭西翁寥寥乎? 莫聞矣哉. 不佞不知如何人耳.

趙曰 路上見掛國分散藥名者. 是貴國別造名耶?

余曰 我國開藥鋪者, 皆掛一奇藥名於路頭, 更好奇者, 別造新名. 要之求售故耳, 公所覽必是.

趙曰 路傍多有造置人形者, 此物有何所用?

余曰 是兒女子所玩弄, 何用之有?

余曰 前年有斗文奇君者, 以良醫來此, 今猶壯健?

趙曰 奇公已亡矣. 其時筆談, 有可覽者否?

余曰 此時有溪南村先生者, 迎接奇君, 有筆語唱和錄, 此方今旣刊行.

趙曰 可得寓目耶?

余曰 國禁, 不許使此方人所著書, 而爛出於海外. 詢諸紀氏而後, 獻左右.

趙曰 公必踐約也.

余曰 貴國貴世官, 醫亦是世官耶?

趙曰 弊邦無世官之法, 且封建之害, 公不知耶? 後世寢微, 不肖者多, 何以能爲治國之道.

余曰 郡縣封建, 俱是天地自然之勢耳, 自秦至明郡縣, 而忽焉. 何必郡縣之是也, 而封建之非也. 今欲論列, 是非醫人所宜談也. 公欲詳其說, 則此方有春臺生者, 著封建論上下篇, 公讀之而可也.

余曰　公所冠何名? 吾儕今日中心有感焉, 今不向公說.

趙曰　是東坡冠也. 國俗各異, 公何自嫌之有?

余曰　聞之馬島人貴國附庸, 有耽羅産桂, 如東京桂, 故國醫不覓淸
來者也. 信然耶? 耽羅距, 貴國幾許里程? 其國旣服屬貴國, 想如我有
琉球·蝦夷也. 衣冠製同貴國否?

趙曰　耽島無産桂之事, 固妄也. 衣冠如陸路而小. 有異者, 被表不處
溫耳. 距南海二千餘里.

趙曰　東都民戶, 爲幾許? 城周圍, 爲幾里?

余曰　東都, 是五方之俗所輻湊, 故戶口多少, 不可知. 城周圍, 國法
不許, 向外人亂說, 故吾輩不能知.

趙曰　貴國無溫堗, 在深冬, 而能無寒意耶?

余曰　我國有火燵, 架木於爐上, 形如架屋狀, 而覆以蒲團, 擁之禦寒.
人性亦勝寒, 故編戶之民, 或裸體來往雪中, 略無寒色.

時奴進食, 奉案一如此方. 趙就食, 食飮幷用匕箸. 余曰　小人未嘗大
國之食, 幸分一杯之羹.

趙曰　弊邦饌品與食味, 如何?

余曰 我國平日淡食, 貴國專是膏粱, 腸胃所習, 固不同矣.

趙曰 誠然矣. 趙出藥品數種示之. 芍藥如宇多産者, 更絜白. 又出不換金·藿香正氣二散, 帖重五倍此方帖, 多甘草. 藿香如藥鋪稱埋葉者, 更芳香.

余曰 貴國柴胡瘦甚, 更有肥大, 而短者耶?

趙曰 本瘦而短細.

余曰 白朮有別種耶?

趙曰 又有蒼朮耳.

時有一人, 高冠大衣進, 而揖余. 余曰 僕是菅道伯. 公姓名何?

彼人曰 僕金啓升, 居在龍山, 山堂号玩義齋, 別号眞狂, 字君日, 隨行副使行中耳.

余曰 公是文官耶? 武員耶?

金曰 非文武官, 卽士人也.

余曰 曾讀明記, 太祖制文官之子, 不得爲武官, 猶武官之子, 不得爲文官. 貴國亦然耶?

金曰 鄙國文武幷用, 而文官之子或爲武, 而不失其名宦, 武官之子或爲文官, 不得爲名宦耳. 僕新羅王孫八代相之孫也, 內外近族無武官也.

余曰 公是大國王孫, 起敬起敬.

金曰 何敬之有?

余曰 平壤錄曰, 貴國金姓, 是金天氏之後也, 貴國不有此說耶?

金曰 金姓亦有數派, 不同耳.

時有一小童, 往來廡下. 余曰 聞小童中善書者, 是耶?

趙曰 此童子, 不能書矣.

呂君時出所載酒, 各傳飮. 趙曰 過路見酒, 味甚惡矣, 今此酒, 甚淸香可愛. 貴國釀法, 亦多端耶?

余曰 我國美酒甚多, 以池田·伊丹者爲極品. 又有燒酒, 出自薩摩州傳之. 燒酒本自琉球來, 琉球隸薩摩, 故人爲薩州所出.

趙曰 此酒名燒酒耶?

余曰 此非燒酒.

余時賦一絶, 與金啓升.

萬里飄飄遊子衣, 江山幾處白雲飛, 萋萋芳草春風盡, 不識王孫何日歸.

趙曰 金公已去矣, 當傳之耳.

余曰 煩公.

余曰 貴國有山鼠, 大如牛, 卽方言足紙飛, 此說恐是妄也.

趙曰 極大者, 如兒狗, 前說皆妄耳.

余曰 靑筆是山鼠毛, 信然耶?

趙曰 然矣.

余代呂‧河二君書曰. 二公曰, 坐旣久矣, 今欲辭去. 願以第五日來見, 不知許不.

趙曰 若如此, 則感幸. 公亦與二子來會.

余曰 不佞亦以此日跟隨耳. 奇君筆語, 詢諸紀氏, 紀氏道, 旣是貴國人, 所唱酬, 呈之左右, 何妨之有? 再會日, 奉贈之.

趙曰 如再枉, 則何喜加之? 奇公詩與談, 若使寓目, 則尤幸幸. 遂相揖而別.

　第五日巳時, 到本願寺. 此日丹君正伯, 以 官命, 來問事於趙, 不許他人同席. 余在外廳, 自巳至未, 不得見趙. 余謂紀氏曰, 官醫旣已衝命來, 難見固當然矣. 雖然一去不可復見. 若得見, 則公之賜也. 紀氏曰, 君速去, 勿久坐. 余曰, 諾矣. 從紀氏, 而到其內房, 房安頓趙, 行李處. 原欲持疑事十餘條, 詰問趙, 紛冗遂不果.

　余曰 今日再來煩公.

　趙曰 不失其期, 可謂信士矣.

　余曰 公疾, 少瘳耶?

　趙曰 僕疾未瘳. 勞問.

　余曰 何等疾, 所服何藥方?

　趙曰 於海上, 多觸風露, 頭疼甚苦, 而且損脾胃, 不能食飲, 而服藥者數日, 亦不得快然耳.

　余曰 恐是脾氣鬱, 而非損脾胃也.

　此時紀氏來曰, 官醫佇久, 何不出? 趙便旋而坐. 余曰 聞諸官醫, 復煩公. 羈中多事多, 恐加疾也.

趙曰 諸公來請, 難以疾辭, 奈何? 公與僕, 同出外堂, 如何?

余曰 朝廷使官醫, 問事於公, 今日不可在側.

趙曰 然則何日更相見耶?

余曰 相見恐無期也. 所約奇君唱集錄, 前日爲一友人, 所持去, 故今日不呈, 請俟明日. 此小冊子, 我國徂徠先生者, 所註于鱗絶句. 讀之而可以慰, 羈中寥寥也.

趙曰 贈以詩, 如得百朋, 且感厚意. 公云難可再訪, 不勝悵缺矣. 未知閽者阻之耶?

余曰 紀氏不許使我輩數見, 非爲閽人所阻. 後會實難矣. 此詩寡君所命, 公今日多事, 得閑則幸一覽之.

趙曰 此人是誰?

余曰 是僕, 所游事, 卽宇土侯.

趙曰 國族耶? 在何地?

余曰 侯是開國功臣源忠興後裔. 忠興庶子, 封宇土, 子孫襲封, 至今侯.

趙曰 河公·呂公, 何不入來?

余曰 聞河公旣在客廳, 呂公未來.

趙曰 河公, 何不入來?

余曰 不知何故.

趙曰 宇土距此, 爲幾里, 在何方?

余曰 國在海西, 以今里數, 三千六百里. 貴國一里, 是同中原一里耶?

趙曰 然矣.

余曰 衣冠是明製耶? 貴國別造耶?

傍有趙德祚者書曰 衣冠, 本是周製.

余曰 何所微?

趙出紙許多而曰 小物何足言? 聊以表情而已.

余曰 拜辱. 此紙何名?

趙曰 名簡紙.

紀氏來而曰 丹公坐客廳旣久, 何不出矣? 余匆匆, 而辭去.

與趙崇壽

鴨綠鷄林指掌間, 如何此處駐朱顔, 人蔘五葉春應遍, 萬古風光長白山.

趙和

沈沈數翔海山間, 未到搏桑已減顔, 大藥駐年君莫說, 不如歸臥故鄕山.

余再和

五十三驛彩雲間, 但道烟霞堪解顔, 不向芙蓉觀雪色, 何知此處是三山.

卒賦與趙崇壽用河公韻　　道伯

一堂杯酒夕陽懸, 此去鴻書不可傳, 鳥嶺秋風歸臥日, 相思時贈白雲篇.

再用河公韻奉酬萱公案下　　趙崇壽

一堂相看兩情懸, 筆話詩腸憑酒傳, 他日故鄕相思夢, 正應酬唱浪吟篇.

與趙敬老書

奉承顔色者, 僅一再. 何以令伯, 戀戀函丈, 而欣慕, 亡已時也? 歸途在近, 舘中旣已多事, 戶外而履滿焉, 簡牘而相仍焉. 縱是公長者, 誘引後進不已, 愛伯之狂, 伯豈可爲强顔, 請數見矣, 而令長者, 視日蚤暮乎? 其而後請出也. 嗚呼! 各在天之一方, 公與伯, 旣已異域殊俗, 雖欲相從請業肘後, 末由也已. 所約奇君唱和錄獻之左右. 伏願山海萬里公自是自愛. 萱道伯 頓首.

奉復萱公案下

數次相奉, 因擾擾, 未克從頌, 中心不無恨焉, 而惟以更拜爲意. 何來一札, 忽墜於案上? 始知公不我再訪, 便以此書, 遙相別也. 一別之後, 雲山萬重, 雖欲相問, 其可得乎? 送人萬里, 歸故鄉, 萬萬忽忽不宣. 戊辰 季夏 朝鮮國 活庵 趙崇壽.

奉朝鮮良醫活庵趙公啓

夫澄濁剖判, 造化權輿, 五運之行, 以木爲魁, 玄黃覆載. 乾坤始成, 四方之中, 惟東爲首, 是故朝鮮檀君之[130]邦. 搖光益明, 紫氣凝空, 長觀不廢, 山瀆之利. 扶桑神州之域, 黃金鍾精, 赤光射天, 偏知堪橐中宮之己. 三韓四郡, 七道八州, 地旣有存精靈之氣, 而光漢京於諸州. 人寧無備剛正之德, 以觀江都乎萬國, 大使遠至, 代終含章. 道路堵觀, 携幼扶老, 前驅後乘, 何威容赫赫? 大蓋駟馬, 其意氣揚揚, 亦是清世壯觀焉, 而太平盛事也. 恭以良醫活庵趙公足下! 夙刷羽鳳穴, 擅名鷄林. 探秘典於靈蘭, 得眞言於金匱. 枕中鴻寶, 登衆人於春臺, 肘後奇方, 躋斯民於壽域. 扁鵲復生渤海, 倉公遂受石神, 實爲東醫寶鑑. 何必天元玉冊, 掛仙帆而渡滄海? 採藥之舟近, 繫江東, 從星軺, 而入殊方. 醫國之手, 遠及海表, 沈疴痼疾, 願仰良齊保殘生, 雜科專門, 望奉聲咳承顏色. 如僕藪澤庸醫, 都下粗工. 生旣不材, 識亦謭劣. 少雖受先父之訓, 長未升軒岐之堂. 苦志焦心, 徒爲重糈, 折肱錐股, 空慚鈍材. 伺函丈而蹲蹲, 懷片刺而躑躅. 雖然駑馬不鳴, 則安顧伯樂, 洪鐘無叩, 則難發大音, 故一攀龍門, 叩探頷下. 庶垂慈誨, 永發蒙心. 過此以還, 不知所措.

對麗筆語 終

江都 前田道伯先生著

延享五戊辰年六月

江戸日本橋通壹町目
書房 出雲寺和泉椽 發行

상한장갱록　하

桑韓鏘鏗錄　下

상한장갱록(桑韓鏘鏗錄)

당시 동북아시아의 의학(醫學)과 의료(醫療) 수준 및 인삼(人蔘)의 약성(藥性) 관련 논의가 상세한 의원필담(醫員筆談)

『상한장갱록(桑韓鏘鏗錄)』은 1748년에 조선의 사신이 일본을 방문했을 때, 조선의 수행원들이 일본의 문사(文士) 및 의원(醫員)들과 만나 나눈 필담을 정리한 필담창화집이다. '상한'은 일본과 조선을 아울러 일컫는 용어이고, '장갱'은 금옥(金玉) 따위가 부딪쳐서 나는 맑고 깨끗한 소리의 형용으로서 조일(朝日) 인사(人士)들의 만남과 이를 통한 수준 높은 교류를 의미한다.

이 책은 본래 상(上)·중(中)·하(下) 3책으로 구성되어 있다. 상권의 전반부에는 『상한장갱록』의 필담에 참여한 조일 인사들에 대한 간략한 소개 및 필담과 창수 목록이 수록되어 있다. 상권의 후반부와 중권은 조일 인사들의 필담과 창수시가 수록되어 있다. 참여한 일본 측 인사로는 혜동(蕙峒)이라는 별호(別號)를 지닌 근강주(近江州) 출신의 은퇴 관료 혼다 모토요시(本多恭)와 마쓰이 나가이(松井長發) 등이 있다. 이들은 조선의 제술관(製述官) 박경행(朴敬行), 삼서기(三書記)인 유후(柳逅)·이봉환(李鳳煥)·이명계(李命啓) 등과 만나 필담과 창수를 나누었다.

이 가운데 하권은 의담(醫談)이 특화된 의원필담이다. 즉, 1748년 5월에 일본 나니와(浪華) 지역의 의원 모모타 아타카(百田安宅) 등이 조선 사신 일행이 묵고 있는 숙소를 찾아와 조선의 사신 및 의관들과 주고받은 필담을 정리한 것이다. 원서는 1책이며, 관연(寬延) 원년(元年)인 1748년 11월에 간행되었다.

맨 앞부분에는 일본인 사쿠라이 양선(櫻井養仙)이 조선의 제술관(製述官) 박경행(朴敬行)과 학사(學士)들에게 준 인사말 형식의 글과 5언시 2수와 7언시 1수가 실려 있으며, 일본인 우치야마 우지(內山祐之)가 쓰시마(馬嶋)의 아비루(阿比留) 및 조선의 박경행과 삼서기(三書記)인 이봉환(李鳳煥)·유후(柳逅)·이명계(李命啓)에게 준 인사말 형식의 글과 5언시 2수와 7언시 4수이다.

이어서 의담(醫談)이 이어지는데, 이 책의 저자인 모모타 아타카는 자(字)가 자산(子山)이고, 호(號)는 금봉(金峰)이다. 주로 조선의 양의(良醫) 조숭수(趙崇壽)와 문답을 진행했으며 의원(醫員) 조덕조(趙德祚)와도 필담을 나누었다.

필담의 주요 내용은 다음과 같다. ① 모모타 아타카가 골증(骨蒸)·화동(火動)·고창(鼓脹)·격열(膈噎)의 치료법에 대해 묻자 조숭수는 주진형(朱震亨)과 장기(張機) 같은 명의(名醫)도 치료하기 어려운 병이라고 했다면서 맥을 짚고 원인을 물어 마음으로 터득해 처방을 찾음이 마땅하다고 답변했다.

② 창독(瘡毒) 및 습산(濕疝)을 앓는 사람과 부인(婦人) 중에 경행(徑行)이 순조롭지 못한 사람에게 온천욕(溫泉浴) 치료법이 적합한가에 대해서 모모타 아타카가 묻자 조숭수는 잠시 외감(外感)의 한사(寒邪)를 푸는데

불과할 뿐이니, 병을 앓는 사람에게는 적합하지 않다고 답변한다.

③ 모모타 아타카가 어린아이의 유(瘤) 등을 치료하는 방법을 묻자 조숭수는 뜨거운 기운이 모인 것이니, 함한(鹹寒)으로 치료한다고 답변했다. 또한 모모타 아타카는 간(癇)·적(積)이 오래되어 배가 아픈 증세는 여러 약으로 효과를 보기 어려우니, 뜸을 뜨는 것이 적합한가를 물었으며, 배와 등의 점혈(點穴)과 뜸의 장수(壯數)에 대해 물었고, 조숭수는 음식을 절제하지 않아 생기는 병이니, 토법(吐法)이나 하법(下法)을 써야한다고 했다.

④ 모모타 아타카가 조선에 많은 병과 치료법에 대해 물었고, 조숭수는 허증(虛症)과 열병(熱病)이 가장 많으며, 한법(汗法)에 먹는 약을 많이 쓴다고 답변했다.

⑤ 모모타 아타카가 조선의 약 1첩(貼)의 량(兩)이나 목(目) 등 도량형과 많이 사용하는 약의 맛, 중국의 제법을 그대로 쓰는지 여부 등에 대해 물었고, 조숭수는 1냥쭝(兩重)을 많이 쓰고, 단 성질의 약을 많이 쓰며, 제법은 대동소이하다고 답했다. 마지막에는 모모타 아타카가 조선의 의원 조덕조의 신분 등을 묻는 간략한 필담이 이어진다.

이 뒤로는 사신 일행이 도호토(東都)에서 돌아온 뒤의 필담이 이어지는데, 주요 내용은 다음과 같다. ① 모모타 아타카가 조숭수 및 이명계, 김덕륜(金德崙) 등과 주고받은 안부 관련 필담이 실려 있고, 창수(唱酬)시 2수가 실려 있다.

② 모모타 아타카가 『본초강목(本草綱目)』 인삼조(人參條) 하(下)에 실려 있는 이언문(李言聞)의 『인삼전(人參傳)』 2권(卷)의 내용에 대해 묻자 조숭수는 전문가가 아니라며 대답을 회피했다. 또한 조선에서는

약효 때문에 인삼을 밀제(蜜製)하지 않고 날 것으로 쓴다고 했다. 아울러 탕삼(湯蔘)의 제법과 백제삼(百濟蔘)·요동삼(遼東蔘)·신라삼(新羅蔘) 등의 정체성에 대해 모모타 아타카가 묻고, 조숭수가 그 품질 등에 대해 답변했다. 마지막으로 모모타 아타카는 일본에서 생산되는 요시노삼(吉野蔘)과 백부근(百部根) 등을 조숭수에게 보여주고 그 정체성에 대한 견해를 묻지만, 조숭수는 정확한 대답을 못한다.

③ 이후로는 모모타 아타카와 조숭수가 주고받은 7언시 10수와 작별 인사 형식의 글 2편이 실려 있다.

상한장갱록 의담 하

상한장갱록 권지하

박(朴) 학사(學士)[1]께 드리는 글　　초료헌(鷦鷯軒)[2]

"올 봄 그대 나라가 사신을 보낸다는 소식을 들었고, 사신이 와서 인호(隣好)[3]를 닦는데, 위의(威儀)가 성대하고 재물도 넉넉하니, 진실로 나랏일을 위한 큰 본보기입니다. 땅의 신이 말없이 감응(感應)하고 물속 동물들이 깊이 숨어, 몇 천리 산을 넘고 물을 건너는 여행길에 탈 없이 일본 땅에 들어오셨으니, 어찌 그대 나라만의 경사이겠습니까? 또한 이 땅 뭇 백성들의 바람을 돌보셨을 따름입니다. 삼가 생각하건대, 조선 (朝鮮)은 기자(箕子)[4]가 봉(封)해진 때에 제왕 스승의 나라가 되어, 9주(九 疇)[5]를 일으켰고 성인(聖人)의 가르침을 행하였습니다. 오히려 아득한 옛

---

1 박(朴) 학사(學士): 박경행(朴敬行). 자는 인칙(仁則). 호는 구헌(矩軒). 본관은 무안(務 安). 1742년 정시(庭試) 병과(丙科)에 급제했고, 전적(典籍)을 지냈음. 1748년 제10차 통신사 때 제술관(製述官)이었음.

2 초료헌(鷦鷯軒): 사쿠라이 양선(櫻井養仙)의 호. 자는 견보(見甫).

3 인호(隣好): 이웃과 사이좋게 지냄.

4 기자(箕子): 은(殷)의 태사(太師)로 주왕(紂王)의 숙부. 주왕이 포학해 여러 번 간하다 되레 종의 신분이 됨. 기(箕) 땅에 봉해진 데서 기자라 이르는데, 은이 망한 뒤 조선으로 달아나서 기자 조선을 세웠다는 전설과 함께 평양에는 기자사(箕子祠)가 있음.

날을 살펴보면, 판도(版圖)[6]는 우(禹)의 적전(籍田)[7]과 통했고, 시절(時節)은 요(堯)의 아름다움과 나란했으니, 연원(淵源)이 원래 마땅히 그러합니다. 이 때문에 대대로 화목하고 즐거우며 맑고 빛나는 감화(感化)가 함육(涵育)[8]하고 쌓여서 중국(中國)의 짝으로 넉넉하고, 다른 나라가 그것을 위하여 광명(光明)을 겨루지 못함이 마땅할 것입니다. 대대로 풍신(風神)[9]이 맑게 통하고, 충성(忠誠)이 격렬하여, 경륜(經綸)[10]의 재능을 책임지고, 문진(文陣)[11]의 명(命)을 차지한 대인선생(大人先生)[12]이란 사람들이 있었는데, 죽순(竹筍)처럼 솟고, 기포(碁布)[13]하며, 움직이면 멀리 떨어져 외진 곳까지 명성(名聲)이 널리 퍼졌지만, 다른 나라도 빛나고 왕성했습니까? 저는 스스로 헤아리지 못하고, 예전에는 일찍이 다른 해와 같을 것이라 여겼지만, 조선이 수교(修交)[14]차 보낸 사신 중에는 대체로 대인

---

5 9주(九疇): 하늘이 우(禹) 임금에게 내려 주었다는, 천하를 다스리는 9가지 대법(大法). 오행(五行)・오사(五事)・팔정(八政)・오기(五紀)・황극(皇極)・삼덕(三德)・계의(稽疑)・서징(庶徵)・오복(五福) 및 육극(六極).

6 판도(版圖): 한 나라의 통치 하에 있는 영토.

7 적전(籍田): 임금이 친히 경작하는 농지.

8 함육(涵育): 함양(涵養)하여 교화시킴.

9 풍신(風神): 사람의 정신과 풍채(風采). 또는 태도.

10 경륜(經綸): 국가의 대사(大事)를 계획하고 다스림. 국가를 다스리는 포부와 재능.

11 문진(文陣): 문인(文人)들의 사회. 문단(文壇).

12 대인선생(大人先生): 죽림7현(竹林七賢) 중에서 술로 유명한 유령(劉伶)은 술의 공덕을 노래한 〈주덕송(酒德頌)〉을 지었는데, 여기에서 자신을 암시하는 인물로 대인선생(大人先生)을 내세운 데서 유래함. 이 대인선생은 '천지를 하나의 마을로 보고, 만년을 순간으로 여기고, 일월(日月)을 문과 창으로 여기고, 세계를 정원으로 삼는다.'고 하였음.

13 기포(碁布): 바둑판에 바둑돌이 놓인 듯이 빽빽한 모양. 또는 사방에 널리 분포되어 있는 모양.

14 수교(修交): 교제(交際)를 맺음. 이웃나라와 국교(國交)를 맺음. 수호(修好).

군자(大人君子)¹⁵인 사람들도 와 있으니, 배에 머무르다 비록 우리나라를 아득히 멀리 떠나가시더라도 부급(負笈)¹⁶하고 소장(蘇章)¹⁷을 본받아 시부(詩賦)의 단(壇) 위에서 붙잡아 뵙는다면, 일단 큰 나라의 풍취(風趣)¹⁸를 자세히 볼 수 있을 것입니다. 지금이 마음속으로 기약(期約)한 그 때이고, 제자인 자들은 그 바라던 사람들이니, 본래부터 바라던 일을 당연히 이루었습니다. 슬프다! 저는 노쇠(老衰)한 나이로 70세를 넘어, 몸과 마음이 모두 여위고 쇠약해져, 높고 큰 문하(門下)에 구의(摳衣)¹⁹하러 빨리 즉시 갈 수 없습니다. 일찍이 장차 요지유(繞指柔)²⁰할 것만 생각합니다. 이미 옛 사람들은 한 줄 편지로 매우 많이 아름다운 용모를 주고받았으니, 만약 제가 그 사람들을 그리워함이 멀고, 어이(御李)²¹하는 사람들의 편지와 인연이 없다면, 어찌 헛되이 그만둠을 이기지 못하

---

15 대인군자(大人君子): 말과 행동이 바르고 점잖은 사람.

16 부급(負笈): 책 상자를 짊어짐. 읽은 책이 많음. 외지에 공부하러 감.

17 소장(蘇章): 중국 후한(後漢) 때 사람. 안제(安帝) 때 현량방정과(賢良方正科)에 천거되어 기주자사(冀州刺史)를 지냈음. 그의 친구 중 청화태수(淸和太守)를 맡은 사람이 있었는데, 소장이 순시하다가 친구가 장죄(贓罪)를 저지른 것을 알았음. 그 친구가 술상을 마련해와 소장과 함께 술을 마셨는데, 소장이 말하기를, '오늘 내가 그대와 더불어 술을 마시는 것은 사은(私恩)이고, 내일 기주자사로서 일을 처리하는 것은 공법(公法)인 것이다.'라 하고, 마침내 친구의 죄를 들어 징계하니, 온 경내가 숙연해졌음. 『후한서(後漢書)』권(卷)31「소장열전(蘇章列傳)」.

18 풍취(風趣): 기예·학문·사상의 갈래.

19 구의(摳衣): 옷의 앞자락을 들어 올려 경의를 나타냄. 손님을 맞이할 때의 동작. 인신하여 스승으로 섬김.

20 요지유(繞指柔): 뜻이 굳은 사람도 여러 번 좌절을 겪게 되면 대세에 따르게 됨의 비유.

21 어이(御李): 훌륭한 인물을 존경하고 흠모함. 훌륭한 인물을 가까이에서 모심을 이르는 말. 후한(後漢)의 순상(荀爽)이 당시에 명성이 높던 이응(李膺)을 만나 그를 위해 수레를 몰고는, 사람들에게 '오늘 내가 이군을 모셨다.'고 자랑했다는 고사.

겠습니까? 갑자기 척소(尺素)[22]를 닦고 늘어세운 망아지와 말에 소금을 실어 도와드립니다. 저는 궁벽(窮僻)한 시골의 어리석은 사람으로, 학문과 덕행이 높은 사람과는 시끄럽게 떠들거나 말할 줄 모릅니다. 다만 두렵고 답답하니, 아울러 너그럽게 살피시기 바랍니다. 〈화이변(華夷辨)〉[23]과 촌스러운 시 몇 수(首)를 지어 별도로 기록해 받들어 높으신 안목(眼目)을 더럽히니, 잘못을 바로잡아 내려주신다면 다행함이 매우 크겠습니다. 〈화이변〉 같은 것은 그림붓을 놀린데 대한 한편의 제사(題辭)[24]만 보내는 것인데, 향당(鄕黨)[25]에 자랑해 화곤(華袞)[26]을 삼고, 자손에 전해 넘치고 남는 돈을 삼으려는 것입니다. 박제(薄蹄)[27] 200장은 먼 길에 예물로 채워드려 보잘것없는 정성을 간략히 밝히니, 웃으며 받아주시면 매우 감사하겠습니다.

진탁[28]하는 조선의 선생들 振鐸韓夫子

22 척소(尺素): 글이나 편지를 쓰던 한 자(尺) 길이의 생견(生絹)을 이르던 말. 후에는, 편지의 대칭(代稱). 척독(尺牘). 척서(尺書). 척한(尺翰).
23 화이(華夷): 중화(中華)와 이적(夷狄). 곧 한민족과 주변의 소수 민족.
24 제사(題辭): 문체의 이름. 책의 첫머리에 전체의 요지를 밝히고 그 책을 발간하는 취지를 서술한 글. 조기(趙岐)의 〈맹자제사(孟子題辭)〉 따위.
25 향당(鄕黨): 주대(周代) 지방 조직의 단위. 12,500호(戶)를 '향', 500호를 '당'이라 하였음. 인신해 고향, 시골.
26 화곤(華袞): 왕공·귀족이 입는 화려한 예복. 인신해 임금.
27 박제(薄蹄): 얇은 발굽. 또는 '검려(黔驢)의 천박한 발굽'으로 보잘 것 없는 문장 기예를 의미함. 검 땅의 당나귀를 호랑이가 처음 보고는 겁을 내다가, 당나귀의 재주가 발길질하는 것뿐이라는 것을 알고는, 호랑이가 잡아먹었다는 이야기가 유종원(柳宗元)의 〈삼계(三戒)〉와 〈검지려(黔之驢)〉에 나옴.
28 진탁(振鐸): 정교(政敎)나 법령을 선포할 때, 목탁(木鐸)이나 금탁(金鐸)을 흔들어 대중을 깨우치던 일. 후학을 가르치는 일에 종사함.

성사²⁹는 뒷날 동쪽으로 향하겠지　　　　　　星槎道後東

의관은 성인(聖人)의 노래 가사를 따랐고　　　　衣冠循聖曲

예악은 임금의 마음처럼 의젓하네　　　　　　禮樂儼皇哀

푸른 바다에서 오직 해만 쳐다보는데　　　　　滄海唯看日

흰 물결은 하늘을 나는 듯하네　　　　　　　素波若駕空

거룻배 한척 없이 건너려고 하니　　　　　　欲濟無一葦

봄바람 속에 앉는 것 어느 세월일까　　　　　何歲坐春風

조선 학사와 여러분께 받들어드림　　초료헌(鷦鷯軒)

　"저는 일본의 시골사람으로, 야나가와(柳川)³⁰의 미천(微賤)한 선비입니다. 그 임수(林藪)³¹에 살아서 빛나는 도읍의 웅장함과 화려함을 못 보았고, 그 적력(磧礫)³²만 가지고 놀아서 남전(藍田)³³의 아름다운 옥도 모릅니다. 천박하고 졸렬하며, 비루하고 가벼워 한 가지 장점도 없습니다. 이 때문에 도덕(道德)을 헤아리거나 인의(仁義)를 효핵(餚覈)³⁴할 수 없습니다. 진신(縉紳)³⁵ 선생의 뜰에 차츰차츰 나아가기만 했으니, 아마도 부끄럽지 않겠습니까? 요즈음 예를 갖춘 사신(使臣)의 일을

---

29 성사(星槎): 은하수를 왕래한다는 뗏목. 한(漢) 때 어떤 사람이 바다에서 뗏목을 타고
　가다가 자기도 모르게 은하수에 이르러 견우(牽牛)·직녀(織女)를 만났다는 고사. 배(船).
30 야나가와(柳川): 현재 일본 후쿠오카현(福岡縣) 야나가와 시. 물의 도시로 유명함.
31 임수(林藪): 숲과 못이 있는 곳. 인신해, 은둔(隱遁)하는 곳.
32 적력(磧礫): 얕은 물속에 있는 모래와 자갈. 적력(磧歷).
33 남전(藍田): 현(縣)의 이름. 섬서성(陝西省)에 속하며, 아름다운 옥이 나는 것으로 유명
　함. 또는 이 지역에서 나는 옥을 이르기도 함.
34 효핵(餚覈): '음식을 씹는다.'는 뜻으로 반복해 탐구함을 이름. 효핵(肴覈). 효핵(肴核).
35 진신(縉紳): 홀(笏)을 신(紳)에 꽂음. 사대부(士大夫)를 이름. '신'은 벼슬아치가 예복에
　갖춰 맨 큰 띠.

마치고, 일행의 깃발이 다시 시모노세키(赤關)에 이르렀다고 들었습니다. 급낭(笈囊)[36]을 짊어지고 나아가 헤아리며, 일찍이 성현(聖賢)의 가르침을 여쭈어야했지만, 70세임을 어찌할 수 없으니, 한갓 몹시 한스러울 뿐입니다. 제가 일찍이 〈화이변(華夷辨)〉을 지었는데, 다른 나라를 낮게 여기고 우리나라를 높이려함이 아니니, 적절하게 나라를 다스리는 방법은 사람들의 자연스러운 논의입니다. 넓은 세상에 분명하게 자세히 살피도록 가르침을 바랍니다. 높으신 생각은 어떠합니까? 어떠합니까? 서까래의 쥐 수염만큼도 아낌없이, 한번 붓 놀려 아름다운 서문(序文)을 내던져주신다면, 그것은 특별한 은택이 되니, 어찌 겨우 많은 은덕에 지나겠습니까? 삼가 금궤(金櫃)[37]에 간직하고, 길이 집안의 보배로 생각하겠습니다. 이외에 보잘것없는 시를 드리니, 영근(郢斤)[38]께서 귀한 화답(和答) 주시기를 엎드려 빕니다. 지금 심한 더위가 사람들을 물들이니, 길이 되었든 지방이 되었든 신중(愼重)하셔서 많은 복(福)을 받으십시오.

태평성대의 운세(運勢) 황하처럼 1천년을 맑고	熙運河淸一千年
즐비하게 문안하는 사신들 원앙과 난새처럼 이어졌네	
	濟濟聘使駕鸞連
조선은 옥백[39]을 광주리로 받들고	三韓玉帛承筐篚

---

36 급낭(笈囊): 책을 넣는 상자와 부대.
37 금궤(金櫃): 구리로 만든 궤. 고대에 문헌 등을 간수하는 데에 썼음. 인신해 길이 전함.
38 영근(郢斤): 영장(郢匠)의 자귀. 비범한 기술이나 재능의 비유. '영장'은 영(郢)의 뛰어난 목수인 장석(匠石). 인신해, 문학의 거장.
39 옥백(玉帛): 옥과 비단. 교분이 두터운 것을 표시하는 예물.

온갖 나라는 의관을 바른 저울로 향하네   萬國衣冠向眞銓

큰 거문고 타고 생황(笙篁) 불며 즐길 뿐인데   鼓瑟吹笙且湛只

잔치 베풀고 참석해 높이 어찌 그러한가   式燕式敖豈其然

펄럭이는 깃발들 동서남북 꾸미고   旆旆旌旗文從橫

아름다운 수레와 말들 안장과 언치도 아름답네   皇皇車馬錦鞍韀

기허(虁魖)[40]는 목란[41] 울타리로 도망쳐 달아나고   虁魖逃去木蘭枇

귀신은 사당[42] 배를 감싸 안아 지키네   鬼神擁護沙棠船

후지산(富士山) 비와호(琵琶湖)는 우임금을 비웃고   富士琵湖笑大禹

아사마산(淺間山) 기소가도(岐岨街道)는 사마천을 우러르네

                                                         淺間岐岨仰史遷

큰 우레 소리 삽살개 잡아끌어 하코네(函根)에 끼운 듯

                                                         叱雷掣尨挾函根

붕새 붙잡고 곤계(鵾鷄)[43] 얻어 큰 내 건너네   捫鵬撮鵾涉巨川

성대(盛大)한 인호(隣好)는 그 굳셈을 맞이하고   洋洋隣好侯其彊

백성들 격양가(擊壤歌)[44]로 하늘을 즐거워하네   百姓擊壤樂上玄

아름다운 평상으로 오직 날짜만 헤아리고   華珉唯迎日

---

40 기허(虁魖): 산귀신과 도깨비. '기'는 발이 하나 달렸다는 산의 요괴(妖怪). '허'는 사람으로 하여금 돈을 낭비하게 만드는 귀신.

41 목란(木蘭): 나무 이름. 껍질이 계피(桂皮)와 비슷하고 향기로운 향목(香木). 또는 그 나무의 꽃.

42 사당(沙棠): 과수(果樹) 이름. 붉은 열매는 맛이 오얏과 같고 씨가 없으며, 재목은 배를 만드는 데 씀.

43 곤계(鵾鷄): 닭 비슷하며 몸집이 큰 새.

44 격양가(擊壤歌): 태평성대를 노래함. 요(堯)임금 때 한 농부가 길에서 땅을 두드리며 천하는 평화롭고 백성은 무사함을 노래 불렀다 함.

에도(江湖) 막부는 동에서 다시 동으로	東武東復東
다만 호협(豪俠)하여 봉시[45]에 뜻을 두었는데	祗倦志蓬矢
어찌 석우풍[46]을 두려워하는가	何畏石尤風
보낸 사신 모두가 영웅들이라	聘使盡英雄
객성[47]은 일본에 밝게 빛나네	客星煥日東
시심(詩心)은 몽택[48]을 삼키고	詩膓吞夢澤
덕기[49]는 높은 산도 작다 하네	德器小高嵩
내려온 가마는 선굴[50]을 찾고	降駕探仙窟
멈춘 깃발은 나라의 풍속을 묻네	弭旗問國風
화이는 우리와 분별됨이 있으니	華夷吾有辨
이 세상 같은 사람 과연 몇일까	天下幾人同

제 성은 사쿠라이(櫻井)이고, 이름은 양선(養仙)이며, 자는 견보(見甫)이고, 호는 초료헌(鷦鷯軒)입니다.

여기에 덧붙여 높으신 그대께 갖춰드릴 뿐입니다.

무진(戊辰, 1748) 음력 6월."

----

45 봉시(蓬矢): 쑥 화살. 고례(古禮)에 남자가 태어나면 사방으로 활동하라는 뜻으로 뽕나무 활(桑弧)과 쑥 화살로 천지사방을 쏘았음. 『예기(禮記)』 「내칙(內則)」.

46 석우풍(石尤風): 거세게 부는 역풍(逆風). 우랑(尤郎)의 아내 석씨가 남편이 돌아오지 않자, 임종 때 '내가 죽으면 큰 바람이 되어 천하의 아내들을 위해 남편들이 멀리 장사길 떠나는 것을 막겠다.'고 말했다는 전설. 정두풍(頂頭風).

47 객성(客星): 항성(恒星)이 아닌 별로서 일시적으로 나타났다가 사라지는 별. 신성(新星). 초신성(超新星) 등.

48 몽택(夢澤): 운몽택(雲夢澤). 초(楚)의 큰 못. 사마상여(司馬相如)의 부(賦)에 "가슴에 운몽택 8·9를 삼켜도 걸리지 않는다."는 말이 있음.

49 덕기(德器): 덕행과 기량(器量). 또는 덕이 있고 기량이 뛰어난 사람.

50 선굴(仙窟): 신선이 사는 동천(洞天)으로, 선경(仙境)이라는 뜻.

쓰시마(馬嶋) 아비루(阿比留) 씨에게 부치는 글   상산(常山)[51]

"수많은 훌륭한 인재가 사도(斯道)[52]로 제후의 나라를 믿고 따르게
해, 늘 여론의 추이를 들었는데, 그대 나라도 일찍이 쓸데없는 도움은
아닌듯합니다. 저는 비록 편하지 않더라도 그대 나라의 넉넉하고 훌
륭한 선비를 공경하고 사모했습니다. 일단 매를 받더라도 그런 사람
들을 알게 되기 바란지 여기에서 오랜 세월일 것이지만, 그대 나라와
우리 고을이 서쪽 바다에 함께 있더라도 험한 산이 거듭 가로막고 거
센 물이 가로막아, 실제로 멀어 그 평소에 품었던 뜻을 이루지 못했습
니다. 하늘이여! 어째서 마주치는 우연함도 없을까요? 엎드려 듣건대,
올해 조선이 사신을 보내서 인호(隣好)를 닦으러 왔고, 도중에 그대 나
라에 의지했다가 동쪽으로 간다는데, 그대 나라 많은 선비들의 우두
머리 아비루(阿比留) 군 등이 공경하고 섬겨 보내온 사신들과 함께 동
쪽으로 갈 것입니다. 태대(台臺)[53]께서는 먼 길을 번갈아드는 중에도
먼 길 가는 사람에게 응답하고 서로 사귀었으니, 쓸데없이 얽매인 수
고로움을 알 수 있을 따름입니다. 그러나 태대께서는 고결한 명망(名
望)을 어린 나이에 성취했고, 빛나는 명성이 아름답게 널리 퍼졌으니,
이러한 일 담당하심을 축하할만합니다. 저는 지난번에 스스로 헤아리
지 못하고, 보내온 사신이 머무르는 숙소를 한번만 두드리고 그 예
의·법도와 문물의 아름다움을 살펴보았다고 생각했습니다. 또 재주
는 없지만 그 곁에서 경험을 얻었습니다. 따라서 조선 사람들과 나란

51 상산(常山): 우치야마 우지(内山祐之)의 호. 자는 중양(中良).
52 사도(斯道): 이 도. 성현(聖賢)의 길. 공자·맹자의 가르침. 유도(儒道).
53 태대(台臺): 장관(長官)에 대한 존칭.

한 자리에서 태대와 우연히 만나기를 생각했고, 아침저녁으로 근심이 풀려 골고루 미쳤습니다. 또한 이번 행차에 있어서는 제 한 몸을 스스로 돌이켜 보되, 온갖 경사가 가지런히 모인 것처럼 했고, 이러한 뜻은 즐거움이 있는 듯 부급(負笈)의 약속을 도모하지 않고도 일의 원인이 있음이니, 어찌 가지 않을 수 있었겠습니까? 얼마 동안 또 생각하기를, 사람들은 우연히 알게 되고, 그대가 저들과 통함은 정(情) 때문이니, 하필 얼굴만 보고 우연히 알게 되었다고 말하겠습니까? 아무것도 없는 한두 편(篇)을 공경히 지어 올립니다. 한 편은 태대 선생께 드려 그리움을 글로 지어 드러내 보이고, 하루가 아니라도 이제부터 신교(神交)[54]하며 서로 쌍리(雙鯉)[55]에 의지하기를 청하니, 말할 수 없이 저는 무사(無似)[56]하나 저를 버리게 된다면 큰 다행이겠습니다. 한 편은 학사(學士)와 삼서기(三書記)에게 부치는데, 그리워하는 사사로움을 멀리 통했고, 풀칠해 봉(封)하지 않았으며, 태대의 귀한 처소(處所)에 먼저 도착할 것입니다. 저들 무리는 다른 나라의 사람들이고 우리나라에 손님으로 왔으니, 민간인(民間人)이 편지를 개인적으로 통하고자 뜻하더라도 금지해 허락하지 않습니다. 이 때문에 태대를 공연히 귀찮게 하니, 조그만 그리움이나마 통하기를 바랄 뿐입니다. 따로 보잘것없는 시(詩) 몇 편을 함께 부치니, 뜻이 있으시다면 화답 시를 바랍니다. 태대께서는 완협(緩頰)[57]에 인색하지 않으니, 저들도 틀림없이

---

54 신교(神交): 신령을 통해 사귐. 정신적으로 사귐. 또는 만나지 못했지만, 인품을 앙모(仰慕)해 벗으로 삼음.

55 쌍리(雙鯉): 편지를 넣도록 만든 잉어 모양의 두 개의 판자. 인신해 편지. 일설에는 잉어 모양으로 접은 편지.

56 무사(無似): 현인(賢人)을 닮지 못함. 자기에 대한 겸사로 쓰는 말. 불초(不肖).

두터운 은혜를 받을 것인데, 어찌 온갖 생각을 계산하겠습니까? 밝게 살피십시오. 다 쓰지 못합니다."

박(朴) 학사(學士)와 이(李)[58]·유(柳)[59]·이(李)[60] 삼서기(三書記)에게 부치는 글 상산(常山)

"일본 치쿠고슈(筑後州) 야나가와(柳川)의 유생(儒生) 우치야마 우지(內山祐之)가 조선 대학사(大學士)와 삼서기(三書記) 여러분께 받들어 씁니다. 엎드려 듣건대, 올해 그대 나라가 교빙(交聘)[61]을 닦으러, 삼사대(三使臺)[62]와 여러 군자(君子)가 몇 천리 길이나 산을 넘고 강을 건너, 매우 많은 시일 동안 추위와 더위를 만나고 무릅썼으니, 그 고생스러운 모습을 알 수 있을 듯합니다. 그러나 사신의 수레와 흰빛의 돛이 온화하게 찾아가고 화살처럼 나아가며, 평탄하게 앞으로 나아가 이 땅에 이르렀

---

57 완협(緩頰): 부드러운 얼굴로 완곡하게 권유함. 다른 사람을 대신해 부탁함.
58 이(李): 이명계(李命啓, 1714-?). 자는 자문(子文). 호는 해고(海皐). 본관은 연안(延安). 1754년 증광시(增廣試)에 병과(丙科)로 합격했고, 사포별제(司圃別提)와 현감(縣監)을 지냈음. 1748년 제10차 통신사 때 서기(書記)였음.
59 유(柳): 유후(柳逅, 1690-?). 자는 자상(子相). 호는 취설(醉雪). 전(前) 봉사(奉事)였음. 1748년 제10차 통신사 때 서기(書記)였음.
60 이(李): 이봉환(李鳳煥, ?-1770). 조선 후기의 문신. 자는 성장(聖章). 호는 제암(濟菴)·우념재(雨念齋). 본관은 전주(全州). 영조 때 사마시(司馬試)에 합격했고, 영의정 홍봉한(洪鳳漢)의 천거로 관직에 나가 양지현감(陽智縣監)에 이르렀음. 문장으로 이름이 높았고, 1770년 경인옥(庚寅獄)에 연루되어 고문을 받던 중 옥사함. 시문집으로 『우념재시고(雨念齋詩稿)』 1책이 있음. 1748년 제10차 통신사 때 빙고별검(氷庫別檢)이자 서기(書記)였음.
61 교빙(交聘): 나라와 나라가 서로 사신을 보내 우호(友好)를 맺음.
62 삼사대(三使臺): 일본에 사신으로 가는 통신사(通信使)·부사(副使)·종사관(從事官)의 세 사신을 이름.

습니다. 이것은 오직 두 나라의 기쁘고 다행스러운 일이며, 오랜 세월 아름다운 일입니다. 삼가 생각하건대, 일본의 서북쪽 저 푸른 바다 밖에 따로 한쪽 세상이 있다는데, 명성은 다른 나라에 널리 퍼져 넘치고, 대동(大東)[63]이라 부르는 아름다운 나라일 것입니다. 이 어찌 이름난 산과 큰 강과 웅장한 도읍과 넓은 고을이 되어 그 나라 땅에 풀어지고 모여서 펼쳐졌으며, 진귀한 나무와 화초와 보물과 여러 가지 보배가 그 땅에서 자라 나오고 만들어지겠습니까? 대개 그 나라는 성학(聖學)[64] 이 크게 널리 퍼져 상서(庠序)[65]가 세워지고, 예법과 음악의 제도가 갖추어지지 않음이 없으며, 정치가 닦여 밝고, 예의의 가르침이 위아래에 아름답습니다. 그 곳이 그러할 수 있는 것은 비로소 우(禹)임금의 가르침과 기자(箕子)의 8조법금(八條法禁)에 들어맞고, 은덕(恩德)을 베풀며 옛 관습을 따라서 대대로 이름난 현인(賢人)과 학식 높은 선비 무리가 나왔고, 이 도(道)를 부식(扶植)[66]해 오늘날에 이르렀습니다. 뛰어나다 일컬어지는 귀착점(歸着點)은 그곳이 이러하기 때문일 따름입니다. 비록 흙과 땅이 다르지만, 그 풍속을 들은 사람들 중 누가 공경하고 그리워해 떨쳐 일어나지 않겠습니까? 바야흐로 이제 여러분과 뛰어난 삼사대는 사신의 일을 받들었는데, 공(孔) 선생께서 '여러 곳에 사신 가서 임금의 명을 욕되게 하지 않아야 선비라 이를 수 있을 것이다.'라고 말씀하셨으니, 사신이 받은 명령이란 말 됨이 또한 중요하지 않겠습니까? 여러분은

---

63 대동(大東): 우리나라의 별칭. 동쪽의 훌륭한 나라라는 뜻임.
64 성학(聖學): 성인이 닦아놓은 학문. 공자(孔子)의 학문.
65 상서(庠序): 고대에 지방에 설치했던 학교.
66 부식(扶植): 인재(人才)나 세력 등을 육성하고 확립함. 부수(扶樹).

온 조정(朝廷)의 수많은 현명하고 재능 있는 사람들 중에서 영탈(穎脫)[67]
해 응하고 거듭 뽑힌, 이른바 이름난 현인이자 학식 높은 선비 중 뛰어난
사람들이 되니, 기리지 않아도 저절로 드러납니다. 듣자하니 비단 깃발
이 지나던 지방의 진신(縉紳)과 처사(處士)들이 먼 곳과 가까운 곳에서
별똥이 떨어지듯 빨리 달려와 구름처럼 모여, 요란하게 떠들썩한 듯,
옹옹(喁喁)[68]하는 것 같았다는데, 한번 보거나 이야기를 들어 화합해도,
용문(龍門)에 오르는 영광일 것입니다. 성덕(盛德)이 떨쳐 일어나면 사람
의 마음 또한 마땅합니까? 저는 고관(高官) 집안의 지위 낮은 신하로,
독서와 문장 이야기를 일삼은데 지나지 않고, 한낱 오두막에 마른 나무
처럼 앉아 발로는 일찍이 이웃의 바깥도 밟지 못했으니, 한갓 곤궁한
쥐와 같습니다. 이에 여러분의 가르침을 듣고 떨쳐 일어나 스스로 고생
하는 물고기가 되어 황하(黃河) 강물에 되살아난다면, 장래에 어찌 반드
시 삼급(三級)[69]에 다다르지 못하겠습니까? 머무르시는 숙소에서 한번
무례하게 뵙고, 위엄 있는 용모와 행동의 희미한 빛이나마 우러러보며,
평소 배운 것을 눈앞에서 경험해 얻어야하는데, 서둘러 여장(旅裝)을
꾸려 장차 떠나가신다 하고, 일이 있기 때문에 갈 수 없으니, 보잘것없는
참된 마음을 헤아리지 못하겠고, 뜻은 밖으로부터 여기까지 이르렀습니
다. 옛날 사람들은 용(龍)을 좋아해 그림으로 그려 감상했지만, 어느
날 진짜 용이 호수에 나타남을 보면, 크게 놀라 두려워하며 달아났습니

67 영탈(穎脫): 주머니 안의 송곳 끝이 밖으로 나옴. 재능을 충분히 드러냄의 비유.
68 옹옹(喁喁): 물고기가 입을 쳐들고 오물거리는 모양. 매미 등이 우는 소리의 형용. 우러
러 바라며 기대하는 모양.
69 삼급(三級): 물고기가 용이 되려면 용문(龍門)에서 '삼급(세 층계)'을 뛰어 올라야 함.
과거에 급제함을 이름.

다. 저 또한 다르지 않으니 어찌할까요? 마음속에 품은 바로는 한갓
스스로 하던 일을 그만두고 쉴 수 없어, 척소(尺素)를 바르게 닦고 사사
로운 마음을 거두어 일을 처리하는 분들께 올립니다. 분명한 잘못을
무릅씀임을 모르는 것은 아니지만, 오직 이름난 현인(賢人)과 학식 높은
선비들께서 해가 나오는 대황(大荒)[70] 바닷가에 현인을 그리워하고 덕
(德)을 우러러보는 광생(狂生)[71]이 있음을 알게 되시기 바랍니다. 이것이
다른 일을 돌아보지 않는 까닭입니다. 따로 보잘것없는 시(詩) 몇 편(篇)
을 지어 삼가 드립니다. 비록 큰 나라의 성전(盛典)[72]을 읊고 노래함에
뜻이 있더라도, 그대 황화(皇華)[73]들로 하여금 제가 감히 억지로 파곡(巴
曲)[74]을 연주하게 하거나, 평소 품은 생각을 펴도록 할 수 있는 것은
아닙니다. 여러분께서 다행히 한번 땀 흘려 빨리 보시고, 높고 귀한
화답(和答)을 내려주신다면, 어찌 화곤(華袞)과 백붕(百朋)[75]과 부귀영화
(富貴榮華) 뿐이겠습니까? 환한 밝음 베풀어주시기를 바라니, 어찌 마음
에 새길 감사함을 이기겠습니까?"

---

70 대황(大荒): 아득히 멀고 광활한 곳. 또는 매우 멀리 떨어진 변경.
71 광생(狂生): 무지(無知)해 제멋대로 행동하는 사람. 작은 일에 얽매이지 않는 사람.
72 성전(盛典): 큰 전장 제도. 성대한 전례(典禮).
73 황화(皇華): 『시경(詩經)』 「소아(小雅)」의 편명인 〈황황자화(皇皇者華)〉의 약칭. 임금
   이 사신을 보낼 때에 부른 노래. 인신해 사신으로 나가는 일이나 사신으로 가는 사람.
74 파곡(巴曲): 지금의 사천성(四川省) 파현(巴縣) 지방 노래의 곡조. 자기가 지은 시문에
   대한 겸칭.
75 백붕(百朋): 매우 많은 돈. '붕'은 고대의 화폐 단위.

학사(學士)와 삼서기(三書記)에게 드림

상산(常山)

전해 외운 새로운 시는 비단도 이만 못하고	傳誦新詩錦不如
풍류와 고아함은 황초[76]에 맞먹네	風流高雅敵黃初
용문에 길 없으니 담력과 그리움 간절하여	龍門無路切膽戀
날아가는 편에 한 폭 글씨 부쳐드리네	翔便寄呈一幅書

좋은 평판 수레로 헤아리면 한 시대의 영웅이고	聲價數車一代雄
날렵한 의지와 기개는 무지개를 토해놓네	飄然意氣吐長虹
문인(文人) 사회 우두머리 물고기와 짐승 얽어매니	詞壇盟主縛鱗毛
66주[77]가 우러르고 고개를 숙이네	六十六州仰下風

대려[78]처럼 긴 세월 옛 즐거움 다스리려	帶礪千年修舊歡
고래 타고 신선 무리 조선에서 오는구나	騎鯨仙侶自三韓
서리꽃 녹로검[79]에 뒤섞여 내리고	霜華錯落轆轤劍
빛나는 별빛 아름다운 관에 높이 우뚝 솟았구나	星耀巍峨珠玉冠
큰 길은 지금까지 기자(箕子) 나라가 일으켰고	周道從來箕國興

---

76 황초(黃初): 중국 삼국시대 위문제(魏文帝) 조비(曹丕, 187-226)의 연호. 자는 자환(子桓). 조조(曹操)의 맏아들로, 조조가 죽은 뒤에 후한(後漢)의 헌제(獻帝)를 폐하고 제위에 올랐음. 시부(詩賦) 40여 편과 전론(典論)이 전함.

77 66주(州): 일본의 66국(國). 용명천황(用明天皇) 시대에 오기(五畿)와 칠도(七道)를 정했고, 문무천황(文武天皇)이 이를 66국(國)으로 나누었음.

78 대려(帶礪): 허리띠와 숫돌. 황하가 띠처럼 좁아지고 태산이 숫돌처럼 평평해지도록 황가(皇家)의 은총을 받아 나라와 더불어 기쁨을 같이 하게 될 것임을 이르는 말. 대려(帶厲). 여산대하(礪山帶河).

79 녹로검(轆轤劍): 칼머리 부위에 옥으로 도르래 모양이 새겨진 보검(寶劍).

중국의 예절 제도 오늘날 조선이 지키네 　　　　　漢儀今日李家看

헤아려 기억한 고향은 돌아간 뒤 영화로우리니 　　料知故土榮旋後

인각[80]에 좋은 이름 올리기 또한 어렵지 않네 　　麟閣令名亦不難

나라 명령 간직해와 다른 나라에 전하려 하는데 　國命含來異域傳

일본은 곤궁한 언덕 가에 멀리 있구나 　　　　　扶桑緬在鞆陵邊

붕새는 영주(瀛州)[81]에서 점점 줄어 사이가 멀어졌지만

　　　　　　　　　　　　　　　　　　　鵬瀛漸盡鵬瀛隔

조도[82]는 이미 곤궁해도 서로 이어졌다네 　　　鳥道已窮鳥道連

조사[83]가 어찌 영운[84]의 뒤에 처지겠으며 　　藻思寧居靈運後

장유[85]는 자장[86]에 뒤지지 않고 앞선다네 　　壯游不讓子長先

더위와 추위가 거듭 지나 비록 나그네일지라도 　炎凉更過雖爲客

이름과 성은 바다 밖 세상까지 함께 빛나리 　　名姓共輝海外天

---

80 인각(麟閣): 기린각(麒麟閣)의 준말. 한선제(漢宣帝) 때 공신(功臣)의 초상을 그려 놓
은 곳.

81 영주(瀛州): 동해 가운데 있는, 신선이 산다는 삼신산의 하나. 선경(仙境)에 들어감.
특별한 영예를 얻음의 비유. 등영주(登瀛州).

82 조도(鳥道): 새가 아니면 다닐 수 없을 정도의 험하고 좁은 산길.

83 조사(藻思): 문장의 훌륭한 구상. 문장을 잘 짓는 재능.

84 영운(靈運): 사영운(謝靈運, 385-433). 남조(南朝) 때 송(宋)의 양하(陽夏) 사람으로,
사현(謝玄)의 손자. 강락공(康樂公)을 습작(襲爵)했기 때문에 사강락(謝康樂)이라고도
부름. 박학(博學)하고 서화(書畵)에 뛰어났으며, 산수(山水)를 잘 읊어 그의 시풍은 후대
에 큰 영향을 미쳤음. 족제(族弟)인 혜련(惠連)에 상대해 대사(大謝)로 일컬어짐.

85 장유(壯遊): 큰 뜻을 품고 멀리 유람함.

86 자장(子長): 사마천(司馬遷, B.C.145-B.C.86?)의 자. 한(漢)의 하양(夏陽) 사람. 무제
(武帝) 때 아버지 담(談)의 뒤를 이어 태사령(太史令)이 되어 『사기(史記)』를 쓰기 시작했
음. 후에 이릉(李陵)을 변호한 일로 하옥되어 궁형(宮刑)에 처해졌다가, 출옥 후 중서령(中
書令)에 임명되어 『사기』 130권을 완성했음.

단서[87] 지닌 서쪽 지방 봉새 　　　　　丹書西地鳳
좋은 소식 물어 전하는구나 　　　　　衛得好音傳
조선 강물에 깃털 다듬고 　　　　　　刷羽韓江水
동쪽 바다 하늘에 몸을 떨치네 　　　　奮身東海天
근본은 처음부터 고상한 절개를 알아 　幹朝知峻節
좋은 세상에 재덕(才德) 뛰어난 사람을 보았네 　瑞世見英賢
모린[88]하는 마음 목마름과 같은데 　　慕藺心如渴
어느 때나 한번 채찍 잡고 수레 몰거나 　何時一執鞭

일본은 얼마나 먼가 　　　　　　　　桑域幾千里
큰 바다 빙 돌아 자허[89]에 닿아있네 　環瀛接紫虛
주나라 왕 좋은 말의 발자국 밖이고 　周王騏跡外
우임금 다스리던 영토의 나머지라네 　神禹版圖餘
용절[90]은 신선과 짝해 오고 　　　龍節來仙侶
사신 탄 수레는 상서[91]와 함께 오네 　星軺重象胥
크게 평안하고 사이좋게 변하니 　　太平隣好化
동북쪽 거서[92]도 합해지누나 　　　東北混車書

---

87 단서(丹書): 임금이 붉은 글씨로 공신(功臣)에게 써주던 문서. 면죄(免罪)의 특권이 주
　어짐. 천명(天命)이 기록된 천서(天書). 하도낙서(河圖洛書) 따위.
88 모린(慕藺): 현인(賢人)을 사모함을 이르는 말. 한(漢)의 사마상여(司馬相如)가 전국
　(戰國) 때 조(趙)의 인상여(藺相如)의 사람됨을 사모한 나머지 이름을 상여로 고친 데서
　온 말.
89 자허(紫虛): 하늘. 구름이 해에 비춰 자줏빛을 띠는 데서 이름.
90 용절(龍節): 용 모양의 부절(符節). 주(周) 때 택국(澤國)의 사신이 사용함. 여기서는
　봉명(奉命) 사신이 지니는 부절.
91 상서(象胥): 사방의 사자(使者)를 접대하는 벼슬아치. 또는 통역관.

의담(醫談)

나니와(浪華)[93] 모모타 아타카(百田安宅)[94] 평격(平格) 물음
호는 금봉(金峯)

조선 조숭수(趙崇壽)[95]　숭재(崇哉) 대답 호는 활암(活菴)

양의(良醫) 활암 조(趙) 공께 받들어 드림.

"머나먼 바닷길과 뭍길로 추위와 더위 속에 긴 여행하셨습니다. 산을 넘고 물을 건너셨으며, 깊고 큰 바다로 배를 타고 오시느라 고생 많으셨습니다. 하늘이 좋은 사람을 도우셔서 귀한 용모(容貌)로 탈 없이 오셨으니, 진실로 두 나라의 복입니다. 큰 기쁨을 이길 수 없기에 삼가 축하드립니다." 무진(戊辰)년(1748) 4월

활암 대답 : "바다를 다 건너서 다행히 이곳 그대 나라 도읍에 이르렀습니다. 귀한 모습을 가까이할 수 있고, 위문(慰問)해 주심에 깊이 감사드립니다. 그대의 호는 무엇입니까? 어느 곳에 사십니까? 자세히 보여주십시오."

금봉 아룀 : "재주 없는 제 성(姓)은 모모타(百田)이고, 이름은 아타카

---

92 거서(車書): 수레와 서적. 수레와 문자. 인신해 나라의 문물제도.

93 나니와(浪華): 일본 오사카(大坂) 지역.

94 모모타 아타카(百田安宅): 자는 자산(子山). 호는 금봉(金峯). 일본 나니와(浪華) 지역의 의원.

95 조숭수(趙崇壽, 1715-?): 자는 경로(敬老). 호는 활암(活庵). 조선의 의관. 1748년에 조선통신사 일행으로 일본을 방문하였음.

(安宅)이며, 자(字)는 자산(子山)이고, 벼슬 이름은 별도로 평격(平格)이
며, 호는 금봉입니다. 이곳에 삽니다."

활암 대답 : "제 성은 조(趙)이고, 이름은 숭수(崇壽)이며, 자는 숭재
(崇哉)이고, 호는 활암(活菴)입니다. 이곳에 머무르는 때에 즈음해 그대
의 많은 보살핌으로 은혜를 입으니, 매우 다행입니다."

금봉 아룀 : "봄이 오면 빛나는 사신의 깃발이 동쪽으로 향해 올 것
이라 이미 들었기에 그리움의 정이 깊어 목을 늘이고 날마다 서쪽만
바라보았습니다. 일찍이 귀한 모습을 가까이 대하고, 몸소 친교(親交)
의 기쁨을 이루게 되기를 바랍니다. 지금 크신 도량(度量)에 두터운 은
혜를 입고, 가르침을 깊이 받들려는 평소 품은 뜻이 몹시 급합니다.
그러나 보고 들은 것이 적어 맑은 자리를 가까이하고도 높으신 정(情)
을 더럽히니, 죄는 피할 곳이 없을 것입니다. 비록 그러하나 위태로움
을 추스른 좋은 만남은 좀처럼 대하기 어려운 기이한 인연이니, 거듭
하기 어렵습니다. 또 높으신 가르침이 간절하기 때문에 피곤하심을
돌아보지 않고 감히 묻습니다. 나라의 영토는 비록 달라도 사람의 정
은 다르지 않고, 사람의 정이 다르지 않다면, 질병 또한 그러할 것입
니다. 대체로 사람 마음의 근심에는 병으로 인한 괴로움보다 심한 것
은 없습니다. 병으로 인한 괴로움이란 것은 '군자(君子)나 어진 사람도
근심하는 것'이라고 범문공(范文公)[96]도 이미 말했습니다. 재주 없는

---

96 범문공(范文公): 범중엄(范仲淹, 989~1052). 송(宋)대 소주(蘇州) 사람. 자는 희문(希
文). 시호는 문정(文正). 시(詩)·사(詞)·산문(散文)을 잘 했고, 저서에 『범문정공집(范文

저는 자주 앓아 관직에서 물러나 의원(醫員)으로 숨어살며 의원으로 자처(自處)하면서도 의술(醫術)을 근심하지 않으니, 이 또한 맡은 일을 처리하기에는 마땅하지 않습니다. 따라서 평소 궁금하던 것을 보여드려 삼가 그것에 대해 여쭙니다. 뛰어난 견해와 좋은 의술(醫術)로 깨우쳐주시기를 엎드려 청하니, 어찌 한 사람의 다행이겠습니까? 우리나라의 다행입니다."

금봉 물음 : "골증(骨蒸)[97]·화동(火動)·고창(鼓脹)[98]·격열(膈噎)[99], 이 4가지는 급한 증세는 아니지만, 치료하기 어렵고 다스리기도 어렵습니다. 병의 원인은 비록 많더라도 시일을 자꾸 끌어 지나치면 모두 1년이나 2년, 급한 사람은 몇 달 만에 조짐이 기(氣)까지 치우쳐서 비록 일찍 알더라도 치료 못하는 사람이 많습니다. 요사이 치료했다고 말하는 사람들이 있으나 사실이 아니고, 이것은 비슷한 증세라 의심됩니다. 저는 개인적으로 증세를 밝혀 헷갈리지는 않지만, 치료가 어려우니 이것은 미혹(迷惑)됨입니다. 제 스승도 평생 이 4가지 큰 병의 어려움을 어찌할까 근심하시다가 돌아가셨습니다. 그대 나라에 이 병의 치료 방법은 어떻습니까? 그대에게 좋은 방법이 있다면 자세히 깨우쳐 주십시오."

正公集)』이 있음.

[97] 골증(骨蒸): '골'은 깊은 층을 나타내는 것이고, '증'은 훈증(熏蒸)한다는 뜻. 음(陰)이 허(虛)해 열기(熱氣)가 속으로부터 빠져나오는 것. 골증로열(骨蒸癆熱).

[98] 고창(鼓脹): 복부가 북처럼 불어나고, 피부색이 누렇게 뜨며, 맥락(脈絡)이 표면에 나타나는 것을 특징으로 하는 병증. 발병 원인에 여러 가지가 있음.

[99] 격열(膈噎): 열격(噎膈). '열'은 삼킬 때 무엇이 목에 걸린 듯한 느낌이 있는 것이고, '격'은 음식물이 아래로 내려가지 않는 것. '열'은 보통 '격'의 전기(前期) 증상인데, 대개 합칭함. 위암·식도암·식도 협착(狹窄)·식도 경련 등에서 볼 수 있음.

활암 대답 : "골증(骨蒸) · 화동(火動) · 고창(鼓脹) · 격열(膈噎) 4가지는 주진형(朱震亨)¹⁰⁰과 장기(張機)¹⁰¹도 치료하기 어렵다고 한 것인데, 제가 어떻게 감히 쉽게 말하겠습니까? 그런데 화동이지만 비위(脾胃)가 충실한 사람은 치료할 수 있고, 고창이지만 열증(熱證)이 없는 사람도 치료할 수 있으나, 격열 병을 앓는데 나이가 이미 늙은 사람은 어쩔 수 없습니다. 이상 여러 병은 다만 때가 닥치면 그 살찌거나 마름을 살피고 모습을 보며, 그 맥을 짚고 원인을 물어 마음으로 터득해 처방을 찾음이 마땅합니다. 어찌 일찍이 어느 약은 어느 병을 다스리고, 어느 병에는 어느 약을 쓴다 함이 있어 국방(局方)¹⁰²의 잘못을 따르겠습니까?"

금봉 물음 : "화동이지만 비위가 충실한 사람의 치료법은 어떠합니까?"

활암 대답 : "별다르게 기이한 처방은 없습니다. 다만 비위가 충실한 사람은 화(火)를 없애고 음(陰)을 돕는 약을 비록 많이 쓰더라도 병과 약이 공교롭게 마주쳐 오랫동안 스스로 효력을 나타내는데, 비위가 약한 사람은 약이 병을 치지도 못하고 비위가 먼저 패하기 때문입니

---

100 주진형(朱震亨, 1281-1358): 호는 단계(丹溪). 원(元)대 유학자이자 의원으로 금원 사대가(金元四大家)의 한 사람. 자는 언수(彦修). 상화론(相火論)을 주장하여 화(火)의 병리적인 면뿐 아니라 치법으로 자음강화(滋陰降火) 즉, 음(陰)을 보(補)하고 화(火)를 내리게 하는 용약법을 주로 사용했음. 이외 주요 이론으로 '양유여음부족론(陽有餘陰不足論)'이 있고, 저서에『격치여론(格致餘論)』,『단계심법(丹溪心法)』,『단계의요(丹溪醫要)』,『단계치법심요(丹溪治法心要)』,『국방발휘(局方發揮)』 등이 있음.

101 장기(張機, 150-219): 자는 중경(仲景). 후한(後漢)대 하남성(河南省) 남양(南陽) 사람. 장사태수(長沙太守)를 지냈으나, 그의 일족이 열병으로 목숨을 잃자 의학에 깊은 관심을 갖게 되었음. 저서에『상한잡병론(傷寒雜病論)』이 있음.

102 국방(局方): 약제의 처방과 품질 등에 대해 규정한 법령.

다. 중기(中氣)가 이미 상한 사람은 또한 어쩔 수 없습니다. 비위는 따뜻함을 좋아하고 차가움을 싫어하기 때문입니다."

금봉 물음 : "보법(補法)과 사법(瀉法)을 아우르는 것은 어떻습니까?"

활암 대답 : "보법과 사법은 함께 쓰는 법이니 할 수 있지만, 병세가 무거운 사람에게 만약 함께 행한다면 둘 다 모두 미치지 못합니다."

금봉 물음 : "골증(骨蒸)의 치료법은 화동(火動)과 같습니까?"

활암 대답 : "화동 중의 한 가지 증세이니, 치료법도 화동과 같은데, 다만 음(陰)을 돕는 약을 화(火)를 없애는 약보다 많이 씁니다."

금봉 물음 : "그대 나라에서는 그와 같은 데 뜸을 뜹니까? 안 뜹니까?"

활암 대답 : "화동한 사람에게는 뜨지 않습니다. 허로(虛勞)에는 양허(陽虛)와 음허(陰虛)의 구분이 있는데, 양허의 따위에는 뜸을 뜹니다."

금봉 물음 : "고창(鼓脹)이지만 열증(熱證)이 없는 사람의 치료법은 어떠합니까?"

활암 대답 : "양(陽)으로 그 찬 기운을 없애는데, 양은 그 축축한 기운을 돕기 때문입니다."

금봉 물음 : "격열(膈噎)에 나이 젊은 사람은 치료법이 있습니까? 피곤하심을 돌아보지 않고 감히 묻습니다."

활암 대답 : "어찌 피로함이 있겠습니까? 피가 줄어들지 않은 사람은 치료할 수 있고, 여색(女色)을 삼가며 술을 조심하는 사람과 세월을 소모하지 않은 사람은 치료할 수 있습니다."

금봉 물음 : "창독(瘡毒)[103] 및 습산(濕疝)[104]을 앓는 사람과 부인(婦人) 중에 경행(徑行)[105]이 순조롭지 못한 사람은 온천(溫泉)에서 목욕하게 합니까? 또 온천 속은 따뜻함과 뜨거움에는 응함이 있지만, 차고 서늘함에는 어긋나니, 맵고 쓰며 짜고 싱거우며 신 것들도 각각 다릅니다. 앓는 사람들 중에서 누가 뜨거운 물에서 많이 씻어야 합니까?"

활암 대답 : "풍습(風濕)[106]으로 인한 살갗의 병은 때때로 가끔 효과를 보는데, 습산을 앓는 사람과 경폐(經閉)[107]한 사람은 겉의 병이 아니니, 그 겉을 치료해서 속이 스스로 안정된다는 것은 듣지 못했습니다. 다만 목욕법은 평소 병이 없는 사람에게 행함이 마땅하고, 병을 앓는

---

103 창독(瘡毒): ① 헌데 독, 헌데의 독기. 상처 독, 상처의 독기. ② 매독(梅毒)의 독기.
104 습산(濕疝): 축축한 기운 때문에 발생하는 산증(疝症). '산증'은 고환이나 음낭이 커지면서 아프거나 아랫배가 켕기며 아픈 병증.
105 경행(徑行): 월경(月經). 달거리.
106 풍습(風濕): 병인의 하나. '풍'과 '습'이 결합된 병사(病邪).
107 경폐(經閉): 일반적으로 18세를 지나도록 여전히 월경이 없거나, 월경의 정상 주기가 되었는데도 3개월 이상 월경이 중단되며 동시에 병적 증상이 출현하는 것. 불월(不月).

사람에게는 마땅하지 않습니다. 물이 따뜻하면 맛은 매우 맵거나 쓰고, 물이 차가우면 맛은 매우 짜거나 싱거우니, 또 같을 수 없습니다."

금봉 물음 : "그대 나라 온천에서 뜨거운 물에 들어가는 법은 어떠합니까? 지금 대답하신 것은 제가 여쭌 것과 달라서 다만 평소 목욕법과 비슷합니다."

활암 대답 : "우리나라 또한 온천이 있는데, 다만 피부병에만 시험해 봅니다."

금봉 물음 : "우리나라에 창독(瘡毒), 습산(濕疝), 월경(月經)이 순조롭지 못한 사람은 온천에서 목욕하고 효과를 얻습니다. 「소문(素問)」에 이른바 '혈기(血氣)[108]는 따뜻함을 좋아하고 차가움을 싫어하는데, 차가우면 막혀서 흐를 수 없고 따뜻하면 녹아서 없어진다.'[109]고 함이 이 뜻입니까? 따라서 자세히 묻습니다."

활암 대답 : "우리나라에서는 잠시 외감(外感)의 한사(寒邪)를 푸는데 불과할 뿐입니다. 결국 효과를 보지 못합니다."

금봉 물음 : "그대나라에서 유(瘤)[110]를 치료하는 방법은 어떠합니까?"

---

108 혈기(血氣) : '혈'과 '기'.
109 『황제내경(黃帝內經)』「소문(素問)」 제17권 제62편 조경론(調經論).
110 유(瘤) : 체표(體表)에 생기는 군더더기. 혹.

활암 대답 : "유(瘤)란 것은 뜨거운 기운이 모인 것이니, 함한(鹹寒)[111]으로 치료합니다. 그러나 여러 해가 된 사람에게는 할 수 없습니다."

금봉 물음 : "10세부터 15·6세에 이르는 중간의 어린아이에게 목덜미 사이에 엉겨 뭉침이 있는데, 문드러지게 하기 어려운 것이라면 유(瘤)가 됩니까? 치료법은 어떠합니까?"

활암 대답 : "어린아이에게 이러한 나력(瘰癧)[112]이 많은데, 유(瘤)는 아닙니다. 나력의 증세는 대부분 뜸질을 상등(上等)으로 삼고, 그 다음은 운모고(雲母膏)[113], 벽하고(碧霞膏)[114] 따위를 모두 쓸 수 있으며, 안의 치료로는 지라와 간의 화(火)를 공격하고, 소음(少陰)의 피를 돕습니다."

금봉 물음 : "침(鍼)을 놓는 것은 어떻습니까?"

활암 대답 : "만약 농(膿)[115]이라면 그곳에 침을 놓습니다. 그러나 침

---

111 함한(鹹寒): 맛이 짜고 성질이 차가운 약으로 치료하는 방법.
112 나력(瘰癧): 주로 목 부위의 결핵성 임파선염. 작은 것이 '나'이고, 큰 것이 '력'임. 역자경(癧子頸). 경력(頸癧). 서창(鼠瘡).
113 운모고(雲母膏): 운모, 염초, 감초 등을 넣어 만든 고약(膏藥)으로 모든 창양(瘡瘍), 악창(惡瘡) 등에 씀. 국소(局所)에 붙이고, 적은 양씩 먹음.
114 벽하고(碧霞膏): 노감석(爐甘石), 황단(黃丹) 등을 넣어 환(丸)으로 만든 고약. 매번 1환을 쓰는데, 큰 병은 1달, 작은 병은 반 개월이면 효과를 봄. 『증치준승(證治準繩)』 처방.
115 농(膿): 창양(瘡瘍)에 생긴 고름. 기혈이 통하지 못하고 몰리면 열이 생기고, 열이 계속되면 살이 썩어 고름이 생김.

을 놓은 뒤에는 또한 뜸질이 마땅합니다."

금봉 물음 : "간(癎)[116]·적(積)이 오래되어 배가 아픈 따위는 여러 약으로 효과를 보기 어려운 것이니, 거기에도 뜸을 뜹니까? 또 배와 등의 점혈(點穴)[117]은 무슨 속(屬)[118]이 많고, 장수(壯數)의 많고 적음은 또한 어떠합니까?"

활암 대답 : "간(癎)이 병 됨은 어린아이에게 많이 있는데, 그 음식을 절제함이 없어 쉽게 모이고, 쉽게 쌓이기 때문입니다. 만약 토법(吐法)[119]이나 하법(下法)[120]을 쓰지 않는다면, 약 또한 효과 보기는 어려울 것입니다.

만약 배 아픔이 오래된 것이라면, 이와 같이 하초(下焦)에 복열(伏熱)[121]함이니, 불을 가지고 거기에 뜸질함은 마땅하지 않습니다. 때때

---

116 간(癎): 전간(癲癇). 발작적으로 의식 장애가 오는 것을 주증으로 하는 병증. 7정(情) 내상, 음식, 풍 등으로 간비신이 장애되어 생기지만, 주요하게는 담이 위로 치밀어 생김.

117 점혈(點穴): 침혈을 잡는 것. 의사가 침을 놓거나 뜸을 뜨기 위해 혈을 잡는 방법.

118 속(屬): 증후와 치료의 연관. 5치(治)의 하나. 장부음양의 소속을 찾아서 치료하는 방법. 절법을 써도 낫지 않으면 속법을 씀.

119 토법(吐法): 용토(涌吐). 최토법(催吐法). 구토를 일으키는 약물이나 구토를 일으키는 물리적 자극으로 유해한 물질들을 구토를 통해 배출시키는 방법. 소독한 손가락이나 깃털 등으로 목구멍을 자극해 토하게 하는 것을 탐토(探吐)라 함.

120 하법(下法): 사하(瀉下). 공하(攻下). 통리(通裏). 통하(通下). 설사(泄瀉) 또는 축수(逐水) 작용이 있는 약물을 써서 대변을 순조롭게 하고, 실열(實熱)을 없애며, 수음(水飮)을 제거하는 일련의 치료법.

121 복열(伏熱): 몸 안에 잠복하고 있는 열사(熱邪). 춘온(春溫), 복서(伏暑) 등 여러 가지 병을 일으킴.

로 가끔 깨끗하게 낫는 사람은 그 열을 마땅히 흩어지게 할 수 있기 때문입니다. 그러나 어떻게 늘 시험할 수 있겠습니까? 이와 같은 따위는 대황(大黃)[122]의 종류가 마땅한데, 탕척(蕩滌)[123]한 뒤에 서늘한 약으로 조섭(調攝)[124]해야 합니다.

등과 배의 뜸을 뜨는 점혈과 장수의 많고 적음은 여러 논의 가운데 분명합니다. 다만 뜸질은 100장을 지나치지 않는데, 100장을 지나쳐도 효과가 없는 사람은 다시 뜸질하지 않습니다."

금봉 아룀 : "우리나라 사람들은 까닭이 있다면, 1년에 달마다 뜸질하는 사람도 있고, 1달이나 여러 날 뜸질하는 사람도 있는데, 장수는 100장부터 1,000장까지, 1,000장부터 10,000장까지로 효과를 얻는 사람이 많습니다. 어떻습니까?"

활암 대답 : "제 좁은 소견으로는 어떠한지 모르겠습니다."

금봉 물음 : "여러 병 중 무슨 속(屬)이 많습니까?"

활암 대답 : "일찍이 허증(虛症)과 열병(熱病)을 가장 많이 보았습니다."

금봉 물음 : "그대 나라에서 먹는 약은 한법(汗法)[125] · 토법(吐法) · 하

---

122 대황(大黃): 여뀌과에 속하는 여러해살이풀인 대황의 뿌리와 뿌리줄기를 말린 것.
123 탕척(蕩滌): 더러운 것을 없애서 깨끗하게 하는 것.
124 조섭(調攝): 질병을 치료하며, 건강을 관리함.

법(下法) 중 어느 것에 많이 씁니까?"

활암 대답 : "한법에 많이 쓰고, 토법과 하법에는 시험함이 드뭅니다."

금봉 물음 : "어린 아이를 잘 보살펴 키움은 어떠합니까?"

활암 대답 : "어린 아이는 마치 풀과 나무의 긴 봄 같아서 사람의 정교한 솜씨로도 빌릴 수 없으니, 다만 그 음식을 삼갈 뿐입니다."

금봉 물음 : "약 1첩(貼)의 량(兩)[126]이나 목(目)[127]은 무게가 어떠합니까?"

활암 대답 : "우리나라는 1냥쭝(兩重)[128]을 많이 씁니다."

금봉 물음 : "맛은 달아야 좋습니까?"

활암 대답 : "이것은 이 세상 사람들 모두 같습니다."

---

125 한법(汗法): 발한법(發汗法). 땀을 내는 작용이 있는 약을 복용해 땀을 흘리게 해 표사(表邪)를 제거시키는 것.

126 량(兩): 무게의 단위. 1량은 24수(銖). 1수는 무게 단위의 최소량으로 1.55g에 해당함.

127 목(目): 요시마스 타메노리(吉益爲則)의 『의방분량고(醫方分量考)』에 따르면, 중국 한(漢)대 1량(兩)은 2전목(錢目)이었고, 18세기 일본의 1량은 18g 정도였음. 따라서 18세기 일본의 1목은 6g 정도로 추정됨.

128 냥쭝(兩重): 냥의 무게. 1냥쯤 되는 무게. 흔히 '1냥의 무게'라는 뜻으로 쓰임. '냥'은 무게 단위의 하나로 약의 용량을 표시하는 데 많이 썼음. 1냥은 10돈 또는 37.5g이고, 16냥은 1근(斤)임. 중국에서는 1냥을 31.25g으로 쓰고 있음. '쭝'은 냥·돈·푼 등의 뒤에 붙어 무게를 일컫는 말.

금봉 물음 : "우리나라 사람들은 중국의 약 처방을 바로 쓰는데, 맛을 견디지 못하는 사람들이 있습니다."

활암 대답 : "비위(脾胃)는 중주(中州)[129]가 되고, 단맛은 비(脾)에 속하니, 어찌 단맛을 좋아하지 않겠습니까?"

금봉 물음 : "이치가 그러하군요. 사람과 물건이 다르니, 약의 용법과 달이는 법이 매우 다릅니다. 그대 나라는 중국과 같게 처방을 본받아 씁니까?"

활암 대답 : "중국과 비교해 그 제(劑)[130]에만 차이가 조금 있을 뿐입니다."

금봉 물음 : "저울로 무게를 다는 것은 그대 나라와 우리나라가 같습니까? 분량(分量)[131]은 어떠합니까?"

활암 대답 : "전(錢)[132]은 100엽(葉)[133]이니, 1냥이 되고, 은(銀)은 저울추를 달아 헤아립니다. 그대 나라 1목(目)은 우리나라 10엽일 따름입니다."

---

129 중주(中州): 비(脾) 또는 비위(脾胃)라는 뜻.
130 제(劑): 제형(劑型). 약물을 제조하는 형식.
131 분량(分量): 수량의 많고 적음이나 부피의 크고 작은 정도.
132 전(錢): 무게의 단위. 1전은 3.75g. 10전은 37.5g. 1돈쭝. 1냥(兩)의 10분의 1.
133 엽(葉): 쇠돈·가마니·자리·종이·잎·조각배 등 얇은 물체를 셀 때 1장을 일컫는 단위.

금봉 물음 : "량(兩)을 저울로 달면 얼마입니까?"

활암 대답 : "옛날의 1푼(分)[134]은 곧 전에는 1전(錢)이라 했고, 뒤에 1량(兩)이라 했습니다."

금봉 물음 : "좁은 생각으로는 이해되지 않습니다. 량(兩)을 저울로 달면 얼마인지 자세히 가르쳐주시기 바랍니다."

활암 대답 : "예로부터 1목(目)을 셈하여 100목에 이르면, 1량(兩)이 됩니다."

금봉 물음 : "그렇다면 100목(目)은 1량(兩)입니까?"

활암 대답 : "확실합니다."

금봉 물음 : "그렇다면 명(明)대와 한(漢)대의 량(兩)과 목(目)은 쓸모가 없습니까?"

활암 대답 : "명(明)대의 것은 많이 쓰는데, 7 · 8전쭝(錢重)입니다."

해고(海皐)[135] 아룀 : "그대는 우리들이 어떤 일로 여기에 왔는지 알

---

134 푼(分) : 무게의 단위. 량(兩)의 100분의 1. 1돈의 10분의 1. 1푼은 0.375g.
135 해고(海皐) : 1748년 제10차 통신사 서기(書記) 이명계(李命啓, 1714~?)의 호.

고 계십니까?"

　금봉 대답 : "자세히 모릅니다."

　해고 아룀 : "삼사(三使)[136]와 함께 서재(書齋)에서 서로 써서 문자(文字)로 응답(應答)하는 일을 합니다."

　금봉 대답 : "이곳에 머무르는 사이에 그대들과 함께 아름답게 사귀고자 합니다. 성(姓)과 이름을 알려주시면 매우 다행이겠습니다."

　해고 아룀 : "제 성은 이(李)이고, 호는 해고(海皐)이며, 종사서기(從事書記)입니다. 저 사람은 성이 이(李)이고, 호는 제암(濟菴)[137]이며, 상사서기(上使書記)입니다. 이 사람은 성이 유(柳)이고, 호는 취설(醉雪)[138]이며, 부사서기(副使書記)입니다."

　송재(松齋)[139] 아룀 : "여기 글을 써 봉인(封印)해 단단히 포장한 것은

136　삼사(三使): 통신사의 정사(正使)·부사(副使)·종사관(從事官). '정사'는 통신사 행렬에서 가장 높은 관리로 사절단의 총책임자. '부사'는 정사를 수행하면서 보좌하고 사무를 돕는 사람. '종사관'은 매일 일어나는 일을 기록해 돌아온 뒤 국왕에게 보고하고, 사신 일행의 불법행위를 단속하는 사람. 1748년 제10차 통신사 때 정사는 홍계희(洪啓禧, 1703-1771), 부사는 남태기(南泰耆, 1699-1763), 종사관은 조명채(曹命采, 1700-?)였음.
137　제암(濟菴): 1748년 제10차 통신사 서기(書記) 이봉환(李鳳煥, ?-1770)의 호.
138　취설(醉雪): 1748년 제10차 통신사 서기(書記) 유후(柳逅, 1690-?)의 호.
139　송재(松齋): 조덕조(趙德祚, 1709-?)의 호. 자는 성재(聖哉). 전(前) 주부(主簿)였음. 1748년 제10차 통신사 때 의원(醫員)이었음.

무엇입니까?"

　금봉 대답 : "중국을 따라 배운 것입니다."

　송재 아룀 : "한 번 볼 수 없겠습니까?"

　금봉 물음 : "그대의 성(姓)과 이름은 무엇입니까?"

　송재 아룀 : "저는 의원 조(趙) 주부(主簿)이고, 호는 송재입니다."

　금봉 아룀 : "그대는 양의(良醫) 활암(活菴) 선생을 모르십니까?"

　송재 아룀 : "조(趙) 태의(太醫)140를 만나 무슨 일을 묻고자 하십니까?"

　금봉 대답 : "제가 지난번 의술 관련 필담을 나누었는데, 따라서 안
부를 묻습니다."

　송재 아룀 : "그대 또한 의술의 이치를 알고 있지 않습니까?"

　금봉 대답 : "저는 자주 앓아 관직에서 물러나 의원(醫員)으로 숨어
살고 있습니다."

140　태의(太醫): 궁중(宮中)에서 의약(醫藥)의 일을 맡은 관원. 여기서는 의원 조숭수(趙
　　崇壽, 1715-?)를 가리킴.

송재 아룀 : "그대는 이미 의술의 이치를 알고 있으니, 9침경(九鍼
經)[141]도 아시겠군요."

금봉 대답 : "그대는 침의(鍼醫)입니까? 저는 침의가 아닙니다."

도호토(東都)로부터 돌아온 뒤에 다시 만나 나눈 필담   금봉

"무더운 여름날 찌는 듯한 무더위에 피로함 없이, 험난한 먼 길을
바삐 돌아다니고 지나서 이곳에 돌아오셨습니다. 몸조심하심은 큰 복
이며 삼가 소식을 기다립니다."

활암 대답 : "제가 무사히 이 고을에 돌아와 다시 그 덕(德)과 서로
만날 수 있으니, 어찌 기쁨과 다행함을 이기지 못함이 적다고 하겠습
니까? 저는 지난번에 많은 의사(醫士)와 사귀었으나, 얼굴과 이름 중
이름만 구별할 뿐입니다. 이제 이곳에 며칠 머무르다 마땅히 배에 오
르겠지만, 그 사이 만일 자주 많은 방문을 얻는다면 얼마나 다행이겠
습니까?"

금봉 아룀 : "많은 보살핌으로 은혜를 입음은 보잘것없는 사람이 바
라는 것입니다. 내일 찾아와서 뵙고자 하는데, 지난번 그대와 함께 같
이 지내시던 그 송재(松齋)라는 분은 어느 곳에 계십니까? 무더운 긴
여행길에 탈 없이 돌아오셨습니까? 어떻습니까?"

---

141 9침경(九鍼經): 『영추경(靈樞經)』 9권(卷).

활암 대답 : "그대는 만나고자 합니까? 아닙니까?"

금봉 아룀 : "지난번 이 방안에서 서로 인사하고 성(姓)과 이름을 알려주었으며, 고상한 이야기를 나눈 뒤에 편지조차 없었기 때문에 안부를 묻습니다."

활암 대답 : "그대가 송재(松齋)와 함께 지내며 서로 만났던 일을 저는 잊어버린 지 오래일 뿐입니다. 지독한 더위를 견디기 어려워 다른 곳으로 옮겨 지냅니다." 손을 들어 손가락으로 가리켜 보여주었다.

금봉 아룀 : "조선(朝鮮)의 속자(俗字)[142]에 그대가 진자(眞字)[143]를 덧붙여 가르치고 깨우쳐주시면 매우 다행이겠습니다."

활암 대답 : "이후에 마땅히 가르쳐드리겠습니다."

이(李) 서기(書記) 해고(海皐) 공께 알려 보여드림   금봉
"찌는 듯한 무더위 속 먼 길에 개산(開山)[144]하시고 탈 없이 돌아오셨습니까? 어제 찾아와서 안부를 물으니, 대수롭지 않은 병이 있으시다 들었는데, 어떠신지요?"

---

142 속자(俗字): 통속적으로 쓰이는, 정자(正字)보다 자획(字畫)이 간단하거나 조금 다른 한자.
143 진자(眞字): 해서(楷書). 진서(眞書). 한자(漢字) 자체(字體)의 한 가지.
144 개산(開山): 학파(學派)를 창립(創立)함.

해고 대답: "안부를 거듭 받들고 매우 감사드립니다. 저는 병이 났습니다. 도중에 학(瘧)[145]에 중독(中毒)되어 어제는 거의 죽다 겨우 살아났으니, 이러한 답답함이 어떠했겠습니까? 이 때문에 어제는 그대의 종용(從容)[146]을 함께 할 수 없었을 뿐입니다."

금봉 아룀: "어제 이(李) 서기 제암(濟菴) 선생에게 들은 바로는 단지 '더위 먹은 가벼운 증세이니, 내일은 마땅히 병이 나을 것이다.'라 하셨는데, 제 마음으로 하여금 불안하게 하지 마십시오. 따라서 보잘것없는 시(詩) 1수(首)를 드려 그대에게 지금 안부를 묻는 바이니, 병이 매우 위독하더라도 삼가 잘 보살펴 돌보시기 바랍니다."

해고 대답: "병이 심해 사실 시문(詩文)을 지어 서로 주고받기는 어렵지만, 염려하는 뜻을 거듭 어길 수 없어 매우 간단하나마 화답해 드립니다.

---

145 학(瘧): 학질(瘧疾). 학사(瘧邪)에 의해 생긴 전염병의 하나. 말라리아.
146 종용(從容): 종용(慫慂). 곁에서 달래고 들쑤셔 어떤 일을 하게 충동질하거나 권함.

이(李) 서기(書記) 해고(海皐) 공께 드림

금봉(金峰)

재자가 읊는 시 한대와 똑같아 才子吟毫漢代同

한때는 반마[147]처럼 세찬 바람 움직였네 一時班馬動雄風

동서(東西)로 헤어질 내일이면 거듭 서로 잊지 못할 텐데

各天明日重相憶

다만 푸른 하늘로 들어가는 선사만 바라볼 뿐이리 只見仙槎入碧空

금봉이 이별하며 준 시(詩)에 화답함

해고(海皐)

거듭 오른 절간 누각에서 그대와 함께 모였는데 重上禪樓與子同

어디선가 매미 우니 또 가을바람 불겠네 一蟬何處又秋風

나니와의 내일이면 구름처럼 흔적도 없을 텐데 浪華明日雲無跡

고개 돌려 아름다운 옥 뫼 보니 달빛만 허공에 가득하네

回首瑤岑月滿空

금봉 아룀 : "병중의 뛰어난 화답 시(詩)에도 진실로 금석(金石)[148]의

---

147 반마(班馬): 반고(班固, 32-92)와 사마천(司馬遷, B.C.145-B.C.86?). 또는 반고와
사마상여(司馬相如, B.C.179-B.C.118). '반고'는 후한(後漢)의 역사가. 안릉(安陵) 사
람. 자는 맹견(孟賢). 아버지 표(彪)의 유지를 받들어 『한서(漢書)』를 20여년에 걸쳐 저술
했으나, 8표(八表)와 천문지(天文志) 등은 완성하지 못해 그의 누이동생 소(昭)가 이를
보완했음. '사마상여'는 한(漢)의 성도(成都) 사람. 자는 장경(長卿). 그가 지은 〈자허부
(子虛賦)〉·〈상림부(上林賦)〉 등의 작품은 풍유(諷諭)가 뛰어나고 글이 화려해 한(漢)·
위(魏)·육조(六朝) 문인들의 모방 대상이 되었음.

풍격(風格)이 있으니, 붓을 휘둘러 용과 뱀이 꿈틀대는 듯합니다. 매우 감사합니다. 그대의 병이 난 뒤로 며칠이 지났습니까? 학(瘧)을 끊는 약은 쓰지 않으셨습니까? 약을 드시는 방법은 어떠합니까?"

해고 대답: "이미 다시 아프고, 증세가 심해져 거듭 시평탕(柴平湯)¹⁴⁹을 처방해 먹습니다."

금봉 아룀: "활암(活菴) 선생이 치료합니까?"

해고 대답: "의원 김(金) 선생¹⁵⁰이 분부한 것입니다." 곧 진찰(診察)을 청했다.

의원 탐현(探玄)과 나눈 필담   성(姓)은 김(金), 이름은 덕륜(德崙), 자는 자윤(子潤), 호는 탐현

"에도(江戶)에 들어왔을 때, 그대 나라 태의(太醫)는 「소문(素問)」의 운기(運氣)를 가지고 '모두 버릴 것'이라 말했는데, 그대의 생각은 어떻습니까?"

---

148 금석(金石): 쇠붙이와 돌. 단단한 물건이나 굳은 지조(志操) 등을 이름.

149 시평탕(柴平湯): 소시호탕(小柴胡湯)과 평위산(平胃散)을 합한 것. 시호·삽주 등을 넣어 만드는데, 춥고 열이 나면서 입맛이 없고 소화가 안 되며, 메스껍고 토하며, 배가 아프고 몸이 무거운데 씀.

150 김(金) 선생: 김덕륜(金德崙, 1703-?). 자는 자윤(子潤). 호는 탐현(探玄). 전(前) 주부(主簿)였음. 1748년 제10차 통신사 때 의원(醫員)이었음.

금봉 대답 : "좁은 소견으로는 어떠한지 깊이 생각할 수 없습니다."

탐현 아룀 : "운기는 그대 또한 믿지 않는다는 말씀입니까? 글이 지나치게 간단해 깊이 생각할 수 없다는 말씀입니까?"

금봉 대답 : "간단하기 때문에 깊이 생각할 수 없다는 것이 아니라, 오직 제 좁은 소견으로 어떠한지 깊이 생각해 취하거나 버리지 못할 뿐입니다."

탐현 아룀 : "저는 태어나 의서(醫書) 읽기를 좋아했지만, 끝내 장부(臟腑)를 밝혀 모두 볼 수는 없었습니다. 훌륭한 명성의 전문가에게 한 번이라도 지식 얻기를 늘 원했는데, 이제 다행히 밝으신 그대를 받들고, 오늘 이야기 나누어 지난날의 의혹된 것들을 풀어 없애고자 하니, 어떠십니까?"

금봉 대답 : "보여주신 생각은 정말 절차(切磋)[151]의 큰 뜻임이 틀림없으니, 저 또한 원하던 바입니다. 감히 좁은 소견이나마 말하지 않겠습니까? 오늘 낮과 저녁, 내일도 와서 뵐 수 있습니다." 절을 하고 떠나갔다.

금봉 아룀 : "어제 약속했던 금봉(金峯)입니다. 의담(醫談)에 응하려 하고, 이 자리에서 보잘것없는 시(詩) 1수(首)를 드립니다."

---

151 절차(切磋): 옥석(玉石) 등을 자르고 갊. 붕우(朋友)가 서로 격려하며 학문과 덕행을 힘써 갈고 닦음을 비유하는 말. 완성을 위해 부단히 노력함.

탐현 대답 : "마침 급박한 일이 있어 잠시 머무르니, 돌아와서 응하
겠습니다." 떠나갔다.

활암(活菴)과 나눈 필담

금봉 물음 : "일찍이 이(李) 선생[152]의 『본초강목(本草綱目)』 인삼조(人
參條) 하(下)를 읽었는데, 이언문(李言聞)[153]의 『인삼전(人參傳)』 2권(卷)
이 실려 있습니다. 저는 이 책을 보지 못했는데, 그 대략(大畧)을 알려
주신다면 매우 다행이겠습니다."

활암 대답 : "만약 인삼에 대해 말한 것이라면, 몇 마디 말에 지나지
않아 그만뒀습니다. 또 어찌 2권이 많다고 하겠습니까? 이러한 책이
비록 있다고 하더라도 자세히 보고 싶지 않습니다."

금봉 물음 : "이시진(李時珍)은 일찍이 '인삼은 그 책이 자세하다.'고
말했습니다. 따라서 자세히 묻습니다."

활암 대답 : "이(李) 선생이란 사람은 비슷하게 공부했을 뿐 전문가
는 아닙니다."

152　이(李) 선생: 명(明)대 의학자 이시진(李時珍, 1518-1593).
153　이언문(李言聞): 이시진(李時珍)의 부친. 자는 자욱(子郁). 호는 월지옹(月池翁). 태
　　의이목(太醫吏目)을 지냈음.

금봉 물음 : "이언문(李言聞)이란 사람은 이시진의 부친이고, 『인삼전』 2권을 지었는데, 이(李) 선생 집안에 깊이 간직되어 있기 때문에 그대도 보지 못했을 것입니다. 인삼으로 약을 만드는 방법은 어떠합니까?"

활암 대답 : "인삼은 가끔 밀제(蜜製)[154]하지만, 결국 날로 쓰는 것만 못합니다."

금봉 물음 : "이제 그대 나라로부터 장차 올 인삼은 밀제(蜜製)입니까? 날 인삼입니까?"

활암 대답 : "날 것 뿐입니다."

금봉 물음 : "탕삼(湯蔘)[155]이라 말하는 것은 어떠합니까?"

활암 대답 : "탕삼이라 말하는 것은 캐낸 때에 맞춰 끓는 물에 담가 씻은 것일 뿐입니다."

금봉 물음 : "그 빛깔은 어떠합니까?"

활암 대답 : "만약 끓는 물로 씻지 않는다면, 빛깔은 검습니다."

---

154 밀제(蜜製): 꿀을 보조 재료로 해 약을 법제(法製)하는 것. 밀제 방법에는 꿀물에 담그는 '밀수침(蜜水浸)', 꿀물에 재워서 닦는 '밀초(蜜炒)' 등 여러 가지 방법이 있음.
155 탕삼(湯蔘): 홍삼(紅蔘)·백삼(白蔘)과 함께 개성(開城) 인삼의 한 종류. 품질이 대단히 우수하고, 약효가 탁월함.

금봉 물음 : "이제 그대 나라로부터 장차 올 인삼은 끓는 물에 담가 씻는 것 외에 다르게 만든 것은 없습니까? 거의 수제(修製)[156]한 것에 비슷합니다."

활암 대답 : "인삼의 맛은 달면서 조금 쓰고, 추문(皺紋)[157]과 노두(蘆頭)[158]가 있어 모양이 분명하니, 모든 풀이나 나무와 더불어 다른 점이 있습니다. 만일 봉황(鳳凰)이 하늘을 날아다니는 새라면, 비록 종들이라도 한번 보면 문득 이해할 것입니다. 어찌 달리 약을 만드는 방법이 있겠습니까?"

금봉 물음 : "지금 그대가 알려주신 것처럼 그대 나라에서 장차 올 것들은 모두 탕삼입니까?"

활암 대답 : "탕삼, 숙삼(熟蔘)[159], 생삼(生蔘)[160]의 구분이 따로 있는 것은 아닙니다. 처음 캔 때에 맞춰 끓는 물에 그것을 씻을 뿐이고, 생삼이란 이름은 일찍이 없었던 것은 아닙니다. 별도로 달리 좋은 방법은 없을 따름입니다. 오직 본래 성질을 따라 쓰고, 처음 캔 때의 법식

---

156 수제(修製): 법제(法製). 약재의 질과 치료 효능을 높이고, 보관, 조제, 제제하는 데 편리하게 할 목적으로 1차 가공을 한 약재를 다시 제정된 방법대로 가공 처리하는 방법을 모두 일컫는 말.
157 추문(皺紋): 쭈글쭈글한 무늬. 주름살 같은 무늬.
158 노두(蘆頭): 인삼이나 도라지 등의 뿌리 대가리에 붙은, 싹이 나는 부분.
159 숙삼(熟蔘): 찐삼. 생삼(生蔘)을 쪄서 익혀 말린 것. 오늘날의 홍삼.
160 생삼(生蔘): 수삼(水蔘). 말리지 않은 인삼.

에 맞춰 끓는 물로 씻을 뿐입니다."

금봉 물음 : "『본초강목(本草綱目)』에 '어떤 얄팍한 사람[161]들은 인삼을 가지고 먼저 물에 담가 즙을 얻고, 볕을 쪼여 말려서 다시 팔며, 탕삼이라 말한다.'고 했는데, 어떠합니까?"

활암 대답 : "사람마다 병에 쓰는 물건인데, 어떻게 이와 같이 거짓되겠습니까? 또 건장하고 왕성(旺盛)한 사람이 인삼 즙을 마신다면, 어찌 병들지 않겠습니까? 이러한 말은 모두 망령(妄靈)된 것입니다."

금봉 물음 : "인삼은 '흙을 구워 만든 그릇에 마유(麻油)[162]를 가득 담아 포정(泡淨)[163]하고 배건(焙乾)[164]해 쓴다.'고 했는데, 포정의 뜻은 어떠합니까?"

활암 대답 : "인삼에는 탕포(湯泡)[165]의 방법은 없고, 다만 날 것으로

---

161 얄팍한 사람: 박부(薄夫). 경박한 사람. 평범하고 천박한 사람.
162 마유(麻油): 참기름. 향유(香油). 청유(淸油). 참깨과에 속하는 일년생 초본식물인 참깨의 씨에서 짜낸 지방유. 종자를 식용으로 쓰거나 기름으로 짜서 사용함. 맛은 달고 성질은 서늘함. 임상에서는 장조변비(腸燥便秘), 회충통(蛔蟲痛), 식적복통(食積腹痛), 창종(瘡腫), 궤양(潰瘍), 개선(疥癬), 피부군열(皮膚皸裂) 등에 복용함.
163 포정(泡淨): '포'는 '침(浸)'을 달리 부른 이름으로, 약재를 일정한 용매에 담그는 것. '정'은 깨끗이 씻는 것.
164 배건(焙乾): 배(焙)를 달리 부른 이름. 약재를 약한 불기운에 타지 않게 말리는 것.
165 탕포(湯泡): 약재를 끓는 물에 잠깐 담갔다가 건져내는 것. 보통 약재의 속껍질을 없애려 할 때 씀.

씁니다."

  금봉 물음 : "백제(百濟) 인삼이란 것은 '모양이 가늘고, 성질과 맛은
상당(上黨)[166] 것보다 엷고 적다.'고 했는데, 어떠합니까?"

  활암 대답 : "상당 것보다 낮지 않습니다."

  금봉 물음 : "'고려(高麗)는 곧 요동(遼東)[167]이 틀림없는데, 모양은 크
고 푸석푸석하며 부드러워 백제 것에 미치지 못한다.'고 했는데, 실제
로 그러합니까?"

  활암 대답 : "땅이 다르기 때문에 그러한 것입니다."

  금봉 물음 : "신라(新羅)의 것은 어떠합니까?"

  활암 대답 : "신라의 것은 고려의 것과 아주 가깝습니다."

  금봉 물음 : "그대는 이 풀뿌리를 뭐라고 하겠습니까?" 요시노(吉野) 인
삼[168]을 보여주었다.

---

166 상당(上黨): 기주(冀州) 서남(西南) 지역.
167 요동(遼東): 요하(遼河)의 동쪽 지역. 지금 요령성(遼寧省)의 동부와 남부.
168 요시노(吉野) 인삼: 일본 혼슈(本州) 기이반도(紀伊半島) 중앙에 있는 나라현(奈良
    縣) 지역에서 재배되는 인삼.

활암 대답 : "인삼과 매우 비슷하다고 하겠으나, 자세히 살펴 알 수
는 없습니다."

금봉 물음 : "우리나라에서 만들어내는 인삼입니다. 그대 나라의 인
삼도 캐내면 이러한 빛깔과 같습니까?" 빙그레 웃기만 하고, 대답하지 않았다.

금봉 물음 : "그대는 이 풀을 뭐라고 이름 부르겠습니까? 그대 나라
에도 있습니까?" 출(朮)[169]을 보여주었다.

활암 대답 : "이 풀은 곽향(藿香)[170]인가요?"

금봉 물음 : "이 풀은 뭐라고 합니까?" 백부근(百部根)[171]을 보여주었다.

활암 대답 : "이것은 곧 봉미초(鳳尾草)[172]인가요? 자세히 살펴 알 수
는 없습니다."

---

169 출(朮): 삽주(蒼朮). 흰삽주(白朮). 국화과에 속하는 여러해살이풀. 뿌리를 건위(健
胃)·지한(止汗)·하리(下痢)·해열(解熱)·중풍(中風)·이뇨(利尿)·결막염(結膜炎)·
고혈압(高血壓)·현기증(眩氣症)·발한(發汗) 등의 약으로 씀.

170 곽향(藿香): 꿀풀과에 속하는 방아풀과 광곽향(廣藿香)의 옹근풀을 말린 것. 서습증
(暑濕症), 여름감기, 입맛이 없는데, 소화 장애, 메스꺼움, 구토, 설사 등에 씀.

171 백부근(百部根): 백부(百部). 백부과에 속하는 여러해살이풀인 선백부와 덩굴백부,
마주난잎백부의 덩이뿌리를 말린 것. 폐허(肺虛)기침, 폐한(肺寒)기침, 백일기침 등 여
러 가지 기침에 씀. 회충증, 조충증, 요충증, 두드러기, 습진, 옴 등에도 씀.

172 봉미초(鳳尾草): 고사리과의 상록성 여러해살이풀. 약용(藥用)하며, 소염, 해열, 지
혈 작용이 있음.

금봉 아룀 : "피로하심도 돌아보지 않고 높은 자리에 모셨는데, 이제 아득히 머나먼 곳으로 헤어져야하니, 보내드릴 생각에 견디기 어렵습니다."

활암 대답 : "저 또한 그대와 같습니다. 한번 헤어진 뒤로는 소식조차 통하기 어려우리니, 몹시 한스럽지 않다고 할 수 있겠습니까? 그대가 틈을 얻는다면 내일 다시 오십시오."

이 자리에서 활암 선생께 드림

금봉

못 물가에서 서로 만나 거듭 비범함과 통했는데	相逢池水更通神
다시 만나 초(楚)나라 노래 이별 곡조도 새롭구나	復値郢詞離曲新
맑은 기운 남쪽에서 전해지니 가을 깊지 않았건만	淑氣自南秋未老
젊은 신선은 바로 내일이면 배에 오를 사람이네	仙郎明日乘舟人

금봉의 시에 답해 드림

활암

그대의 학업(學業) 신묘(神妙)함과 하나 됨을 알겠고	知君術業叶於神
소매 속 푸른 주머니[173] 돌 침[174]도 새롭구나	袖裏靑囊砭石新

---

173 푸른 주머니 : 청낭(靑囊). 의생(醫生)이 의서(醫書)를 넣는 주머니. 인신해 의생, 의술.

지금 세상 그 누가 참된 국수[175]를 알겠는가   今世誰知眞國手
불쌍하다! 평범한 사람으로 간주하는 사람들아   可憐看作等閑人

양의(良醫) 활암 조(趙) 선생께 삼가 드리는 글   금봉
"지난번 날마다 숙소에 이르러 두터운 보살핌을 많이 받아 모든 사람을 앞 다투어 만나 보았습니다. 저에게는 가르침이 제일 간절했지만, 깨우침은 전하지 못했고, 이곬에 이르지도 못했습니다. 옛날에 이르지 않았던가요? '번성하고 태평한 세상의 백성은 광천화일(光天化日)[176]의 아래에서 즐겁게 논다.' 바야흐로 지금 성운(星雲)[177]이 상서로움을 불러들이고, 사방 모든 나라가 맑게 다스려져 문화(文化)가 융성하고, 인물이 많아지며, 국외와 국내가 모두 공경해 사귀고 있습니다.

올해 두 나라는 성대한 의식으로 친하게 되어, 이를 따라 그대 등이 통신사로서 멀리 큰 바다를 건너 이르렀습니다. 정패(征旆)[178]와 녹포(綠袍)[179]는 모두 세상에 이름이 드러난 인재(人才)이자 군자(君子)들입니다. 태평(太平)[180]한 임금의 은택(恩澤)으로 공경해 섬겨도 끝이 없고 다함도 없을 것입니다. 저 같은 얕은 재주의 소인(小人)도 높은 자리를

---

174 돌 침: 폄석(砭石).
175 국수(國手): 재예(才藝)가 그 나라 안에서 첫째가는 사람.
176 광천화일(光天化日): 태평성세(太平盛世)를 이르는 말.
177 성운(星雲): 은하의 군데군데에 떠있는 구름같이 희미하게 보이는 별의 무리. 성무(星霧).
178 정패(征旆): 관리가 먼 곳을 갈 때 가지고 가는 장기(仗旗).
179 녹포(綠袍): 관원이 입던 공복. 조선시대에는 7·8·9품의 관원이 입던 공복으로, 하급 관원을 가리킴.
180 태평(太平): 세상이 잘 다스려져 안락(安樂)함.

가까이해 도리를 깨달을 수 있었습니다. 대체로 작은 고을만 잘 알면, 큰 도읍은 자세히 못 보는 것인데, 문물(文物)의 아름다운 것도 모르면서 가까운 법도에만 구속되고, 중요한 요점은 가려 뽑아 얻지 못해서 조화(造化)의 묘(妙)한 바를 얻지 못했으니, 하물며 제가 군자와 함께 하겠습니까? 그러나 그대가 널리 사랑하셔서 저를 가르쳐주실 수 있었기에 황공하게도 저에게 객사(客舍)에서 의술(醫術)의 깊은 근원을 알려주셨습니다. 어찌 자극받아 감동하지 않겠습니까? 여러 해 묵은 의심들이 모두 똑똑히 끝났으니, 진실로 마치 큰 잠에서 갑자기 깬 것 같습니다. 그대의 덕이 크고, 의술이 자세해 빈틈이 없으며 오묘함을 더욱 믿습니다. 그대는 제 의술을 인정해주셨고, 의국(醫國)[181]이라 할 만할 것입니다. 부끄러워 땀만 흐르고 말할 바를 모르겠습니다. 아! 그대가 잠깐 분별한 의술도 자세하고 또 자세합니다. 글에는 견문(見聞)이 넓고, 실제에는 간략합니다. 제 때에 제변(制變)[182]을 감당하니, 따라서 관명(官命)[183]이 있게 되었고, 관명은 '양(良)'이란 글자를 내려주었으며, 먼 일본 땅으로 오셨습니다. 그대란 사람은 바로 오랜 세월 동안 형감(衡鑒)[184]일 것이니, 우리 소인들이 미칠 바가 아닙니다. 대체로 이 세상에서 의술에 대해 말한 사람은 많을 것입니다. 헌기(軒岐)[185]로부터 이래로 제자백가(諸子百家)들이 입언(立言)[186]하고 논의를 베풀

---

181 의국(醫國): 나라를 위해 병폐를 제거함. 또는 의술이 고명함.
182 제변(制變): 응변(應變). 변화에 따라 잘 처리함. 변란(變亂)을 제압함.
183 관명(官命): 군주나 관부(官府)의 명령.
184 형감(衡鑒): 저울과 거울. 시비와 선악을 판별하는 기준의 비유. 형경(衡鏡).
185 헌기(軒岐): 헌원씨(軒轅氏)와 기백(岐伯). 모두 전설적인 의술의 개조(開祖). 인신해 뛰어난 의술.

었으니, 어찌 몇 십 사람으로 그치겠습니까? 비록 그러하나 이러한 방법을 설명하고, 후세의 법을 삼은 사람으로서 인재는 10명에도 차지 않으니, 중경(仲景)[187], 유장(劉張)[188], 주이(朱李)[189] 뿐이고, 그대도 아우릅니다. 그대가 이곳 도읍에 임(臨)하신 것은 좀처럼 만나기 어려운 좋은 기회였는데, 마음에 생각한 바가 있는 것 같아도 말을 못했으니, 언제 그대에게 의심나는 것을 질문하겠습니까? 몇 마디 말씀이라도 돌아보지 않으면 완전하지 못한 데 떨어질 것입니다. 감패(感佩)[190]를 견디지 못하겠기에 감히 말씀드리니, 비록 조금이라도 양해하시기를 바랍니다. 삼가 보잘것없는 말씀을 드리며, 오랫동안 환히 비추시기를 엎드려 빕니다. 할 말은 많지만, 다 쓰지 못합니다."

작별해 보내며 드림

금봉(金峯)

지난밤 가을바람에 처음 강을 건너왔는데   昨夜秋風初渡河

---

186 입언(立言): 후세에 교훈이 될 만한 말을 함. 또는 저서(著書)로 불후(不朽)의 학설을 창립함.

187 중경(仲景): 후한(後漢)대 의학자 장기(張機, 150-219)의 자.

188 유장(劉張): 금원사대가(金元四大家)인 금(金)대 의학자 유완소(劉完素)와 장종정(張從正). 장종정의 자는 자화(子和), 호는 대인(戴人). 휴주(睢州) 고성(考城) 사람으로 의술에 뛰어났고, 『난경(難經)』과 「소문(素問)」에 밝았음. 저서에 『유문사친(儒門事親)』 15권, 『상한심경(傷寒心鏡)』 1권, 『육문이법(六門二法)』 등이 있음.

189 주이(朱李): 금원사대가(金元四大家)인 원(元)대 의학자 주진형(朱震亨, 1281-1358)과 금(金)대 의학자 이고(李杲, 1180-1251).

190 감패(感佩): 깊이 느껴 늘 잊지 않음. 대단히 고맙게 여김.

날 밝으면 그대가 부르는 이별노래 듣겠네   聞君明日唱離歌

마주하고 말 한마디 나눈 채 두 줄기 눈물 흐르니   對分一語兩行淚

머나먼 바다 건너 돌아갈 배 어찌할거나   無那歸舟萬里波

무진년(1748) 7월   戊辰 七月

다시 금봉 백태의(百太醫)께 삼가 드림

"그대는 어제도 찾아와주셨는데, 오늘 또 글을 가지고 와서 위로해 주시니, 그 정(情)이 지극하다 말할 수 있을 것입니다. 기쁨을 이기지 못하겠으나, 다만 말씀 사이에 지나친 칭찬이 이처럼 과분하여 사람으로 하여금 마음을 편치 못하게 합니다. 저는 조선의 한낱 쓸모없는 선비에 지나지 않습니다. 그 의술(醫術)과 문장(文章)을 말하자면, 옛 사람의 논의와 나란히서기에는 1만분의 1에도 충분치 못한데, 칭찬을 마주하니 그대를 위해 훔친 듯해 부끄러워 얼굴이 붉어집니다. 은혜만 오로지 많아 마음에 있고 외물(外物)에는 없으니, 어찌 그리움만 이와 같을까요? 더욱 감사드리게 됩니다."

금봉의 시에 화답해 드림

기수(沂水)[191]같은 긴 강물에 누선[192] 12척   樓船十二沂長河

노가[193]는 고각[194] 소리 속에 섞였네   鼓角聲中雜櫓歌

---

191 기수(沂水): 산동성(山東省) 이산(尼山)에서 발원해 사수(泗水)로 흘러드는 강.

192 누선(樓船): 충집으로 꾸민 놀잇배. 충루(層樓)가 있는 큰 배. 주로 전쟁에서 사용했던 데서 수군(水軍)을 이르기도 함. 누함(樓艦).

| 내일이면 떠나갈 금봉을 다시 보는데 | 更見金峯明日去 |
| 넓디넓은 만 겹 파도만 뱃전에 빛나네 | 昭前浩浩萬章波 |

구헌(矩軒) 박(朴) 학사(學士) 선생께 드림

금봉

그대들 동쪽으로 오니 어찌 위대한 공훈(功勳) 어긋날까	
	曲笠東移奈偉勳
수많은 보행[195] 사신 중 누가 그대와 같으리오	輔行千客孰如君
풍류는 스스로 참고 문장(文章)의 격조(格調) 일으키니	
	風流自耐起詞格
강락[196]의 유래는 남다른 견문(見聞)에 있구나	康樂由來有異聞

금봉의 시에 차운(次韻)해 드림

구헌

| 인대[197]엔 의미 없이 뛰어난 공로(功勞) 헤아렸지만 | 麟臺無意策奇勳 |

---

193 노가(櫓歌): 뱃사공들이 노를 저으면서 부르는 노래.

194 고각(鼓角): 전고(戰鼓)와 호각(號角). 군중(軍中)에서 시간을 알리고 명령을 내리는
데 씀.

195 보행(輔行): 정사(正使)를 보좌하는 사신(使臣). 부사(副使).

196 강락(康樂): 평안히 즐김. 화락(和樂)함.

197 인대(麟臺): 기린각(麒麟閣). 기각(麒閣). 누각의 이름. 한(漢)의 선제(宣帝) 때 곽광
(霍光) 등 공신 11인의 초상을 그려 놓았음.

하늘 밖 조물주가 얻은 것 그대에게 부쳐주었네 天外神受付與君

산수와 누대는 일본에서 게으름을 일으키고 山水樓臺桑佛懈

고운 빛 물든 구름과 생학[198]은 돛다는 소리 멈추게 하네

彩雲笙鶴駐帆聞

이(李) 서기(書記) 제암(濟菴) 공께 드림

금봉

용절이 서쪽으로 돌아가려면 만 리나 남았는데 龍節西歸萬里餘

온갖 글에는 동쪽 봉새가 날아오르는 듯하네 東方鳳翥百篇書

시는 신기하여 마음 속 먹 갈아 토해놓은 것 같은데 詩神若吐胸中墨

바다 위로 누가 전했는지 훌륭한 명예만 휘날리네 海上誰傳飛美譽

금봉의 시에 화답해 드림

제암

아름다운 꽃핀 곳 어딜 가나 진여[199]를 생각했고 瑤花隨處想秦餘

푸른 바다 돌아갈 길엔 초서만 남았구나 滄海歸程有草書

산수는 병령[200]하여 옛 뜻을 따르는데 山水炳靈從古意

---

198 생학(笙鶴): 학을 타고 생황(笙篁)을 붊. 주(周)의 왕자 진(晉)이 신선이 되어 학을 타고 피리를 불었다는 전설이 있음.

199 진여(秦餘): 옛날의 순박한 풍속이 남아 있다는 것. 진(秦)나라는 한(漢)나라의 입장에서 말한 전조(前朝)의 뜻으로서, 조선에서는 고려로 이해됨.

다행히 그대는 봉모[201]라 기림을 독차지 할 수 있겠네

喜君能擅鳳毛譽

유(柳) 서기 취설(醉雪) 공께 드림

금봉

할 일은 궁궐에서 마쳤고 도가[202]만 부르리니	事已黃門發棹歌
대잠[203]은 서쪽으로 향하는 마음 어떠할까	玳簪西向意如何
머나먼 곳에서 집으로 돌아가는 날	遙知萬里歸家日
응당 거문고 손에 들고, 아! 화목(和睦)해지리	應有携琴阿敬和

금봉께 화답해 드림

취설

물가 구름 널리 퍼져 부슬부슬 비가 내리니	汀雲漠漠雨微微
그저 절간에 기대어 저물녘 햇살만 마주하네	徒倚禪樓對落暉
만 리나 흐르는 물결에 하늘도 함께 아득한데	萬里流波天共遠
시 한편 몸조심하라고 돌아가는 사람에게 보내네	一詩珍重送人歸

---

200 병령(炳靈): 영묘(靈妙)한 기운을 발산함. 밝게 빛나는 영묘한 기운.

201 봉모(鳳毛): 봉황의 깃털. 뛰어난 풍채와 문재(文才)의 비유. 자손이 그 부조(父祖)와 같은 훌륭한 재능을 지님의 비유. 진귀한 물건의 비유.

202 도가(棹歌): 노를 저으며 부르는 노래. 뱃노래. 도창(棹唱).

203 대잠(玳簪): 바다거북의 일종인 대모(玳瑁) 껍질로 만든 비녀. 여기서는 봉명(奉命) 사신을 의미함.

상한장갱록 권 의담 마침

관연(寬延) 기원(紀元) 무진(戊辰, 1748) 겨울 11월

황도서림(皇都書林) 원옥청병위(圓屋淸兵衛) 앵행(櫻行)

桑韓鏘鏗錄 醫譚 下

桑韓鏘鏗錄 卷之下

呈朴學士書　　鷦鷯軒

伏聞今春貴國令聘, 使來修隣好, 儀盛物腆, 寔爲國事之巨標也. 坤神玄感, 水族潛逃, 跋涉於數千里, 舟車無恙 而入於桑域, 豈貴國一方之慶? 亦慰玆土群姓之望而已矣. 恭惟朝鮮箕封之時, 爲帝師國, 九疇以起, 聖敎以行. 猶考於上世, 版圖通禹籍, 甲子並堯璿, 淵源故當然. 是以世世皞熙淳曜之化, 涵育蘊積, 優伉儷乎中華, 而無殊邦與之爭光也, 宜矣. 歷代有風神淸通, 忠誠激烈, 負經綸之才, 擅文陳之命, 大人先生者, 筍立碁布, 動馳名於遐陬, 異域赫赫乎? 養仙不自揣, 昔曾以爲若他年, 朝鮮修交聘, 有夫大人君子者來, 則星船之所寓, 雖去敝邑遼遠, 負笈效蘇章, 執謁於詩賦壇上, 一有觀於大國之風矣. 今也其所期之時, 而門下者, 其所望之人也, 當逐素望. 惜哉! 養仙頹齡過古希, 筋力共悴憊, 不能速卽行, 摳衣於尨門也. 凤思將爲繞指柔也. 旣而以爲古人一行之書信, 往來比見之顏色, 則若僕懸戀其人, 無緣御李者之於書信, 豈不勝徒已哉? 卒之修尺素, 陳駒馬積塩, 以呈左右. 養仙窮巷之鄙人, 不知通尊者誼. 只恐且煩瀆, 統祈恕察. 別錄所著華夷辨及野詩數首, 奉汚尊囑, 賜是正, 幸莫甚焉. 猶華夷辨, 揮彩毫, 投一篇之題辭, 誇鄉黨爲華袞, 傳子孫爲贏金者也. 薄跪貳百葉, 遼充贄儀, 畧表區區誠, 笑納爲至感.

振鐸韓夫子, 星槎道後東, 衣冠循聖曲, 禮樂儼皇夷, 滄海唯看日, 素波若駕空, 欲濟無一葦, 何歲坐春風.

奉朝鮮學士及諸公　　鵁鶄軒

僕日東野人, 柳川寒士. 巢其林藪, 而不覿華都之壯麗, 翫其礦礫, 而未知藍田之美玉. 謏劣鄙薄, 無有一長焉. 是故不能斟酌道德, 餻覈仁義. 以漸于縉紳先生之庭階也, 無乃不亦惡乎? 邇聞聘禮竣事, 瑞斾再抵赤關. 卽擬負笈囊, 經問聖賢之風, 無如古稀何, 徒悵悵耳. 僕嘗述華夷辨, 非卑人尊我, 實是自然之公論也. 漫塵電矚, 祈塵教. 尊慮如何? 如何? 不吝如椽鼠鬚, 一揮擲瑤序, 爲其寵惠, 寧僅百朋之賜乎? 敬藏之金櫃, 永以爲家珍. 外呈鄙詩, 伏乞郢斤與珍寶. 當今紅暑染人, 爲道爲國自玉, 万祗万祗.

熙運河淸一千年, 濟濟聘使駕鸞連, 三韓玉帛羨筐筥, 萬國衣冠向眞銓, 鼓瑟吹笙且湛只, 式燕式敖豈其然, 斾斾旌旗文從橫, 皇皇車馬錦鞍韉, 夔魖逃去木蘭枻, 鬼神擁護沙棠船, 富士琵湖笑大禹, 淺間岐岨仰史遷, 叱雷掣虵挾函根, 捫鵬撮鷗涉巨川, 洋洋隣好侯其彊, 百姓擊壤樂上玄.

華昭唯迎日, 東武東復東, 祗儜志蓬矢, 何畏石尤風, 聘使盡英雄, 客星煥日東, 詩腮吞夢澤, 德器小高嵩, 降駕探仙窟, 弭旗問國風, 華夷吾有辨, 天下幾人同.

僕姓櫻井, 名養仙, 字見甫, 號鵁鶄軒.

此附具以于尊聽耳.

戊辰 季夏.

寄馬島阿比留氏書　　常山

濟濟多士, 以斯道, 孚於候國, 每聞時論之所推, 貴邦未嘗不爲之右
矣. 僕雖不倿, 欽慕貴邦之富賢士. 庶幾一修荊, 識於其人者, 于玆有年
矣, 而貴邦與敝邑, 雖同於西海, 蛇山重障, 鰐水間隔, 實是遠而未遂,
其夙志矣. 天乎! 何遭際之弗偶乎? 伏聞今玆朝鮮之聘使, 修隣好來,
途依於貴邦而東, 貴邦多士之領袖, 阿比留君等, 祗事與聘使同東矣.
台臺千里之遞中, 應對交接於遠人, 其冗絆之勞, 可知而已. 然台臺雅
望夙成, 榮聞休暢, 以當是役, 可賀焉. 僕向不自揣, 以爲一叩聘使之寓
館, 觀其禮度文物之懿. 且得驗末技於其傍. 因想邂逅台臺於韓人聯璧
之席, 慰暢夙昔. 亦在於是行, 自顧一身, 若百慶之齊聚, 是意有愉愉
然, 不圖負笈之期, 而有事故, 奈不得行? 久之又以爲, 人之知偶, 貴通
彼是之情, 何必見顔知偶云哉? 敬裁赤一二篇. 一呈台臺之案下, 迷懸
戀, 非一日者, 請自今神交, 互託雙鯉, 莫謂我無似, 而舍我大幸焉. 一
寄學士及三記, 邃通傾慕之私, 不糊封, 先達之於台臺之貴寓者. 彼徒
殊域之人, 賓於國家來, 意艸野人, 私通於書信, 有禁不許. 是以謾煩台
臺, 達卑懷是冀而已. 外同寄野詩數章, 有意丐和章. 台臺不靳緩[204]頰,
彼是荷原惠, 曷賫万惟? 丙察不備.

寄朴學士及李柳李三書記書　　常山

日本筑後州, 柳川文學, 內山祐之, 奉書朝鮮大學士, 及三書記諸公
門下. 伏聞今玆上國, 修交聘, 三使臺及諸君子, 數千里程, 跋涉於江
山, 許多日子, 觸冒於寒暑, 其辛勤之狀可知矣. 然星軺雲帆, 景聘箭
進, 坦然抵玆土. 寔惟兩國慶幸, 千載美事. 恭惟扶桑西北, 彼蒼之外,

---

204 원문에는 '湲'이지만, '緩'의 오기(誤記)인 듯해 바로잡았음.

別有一方天地, 聲聞播溢於殊域, 稱爲大東有美國矣. 此豈爲名山大川
雄都廣邑, 融結布列乎其宇, 異樹珍卉, 珠玉雜寶, 育産生出乎其土哉?
蓋其國, 聖學大闡, 庠序之設, 禮樂之制, 莫不具而備, 政治修明, 禮義
之敎, 美於上下, 其所以能然者, 始中乎禹敎箕條, 流澤沿襲, 世世名賢
大儒輩出, 扶植斯道, 以迄于今也. 優稱之所歸, 其以此而已矣. 雖異壤
不同宇, 聞其風者, 孰不欽慕, 而興起哉? 方今諸公, 優三使臺, 奉浮槎
之役, 孔夫子曰, 使乎四方, 不辱君命, 可謂士矣, 使命之爲言, 不亦重
哉? 諸公穎脫於擧朝群英, 而膺是重選, 爲所謂名賢大儒之巨擘, 不贊
而自露焉. 聞繡節之所過州郡, 縉紳處士, 遐邇星馳雲集, 囂囂然, 喁喁
如, 以諧其一覿, 聆其警咳, 爲登龍之榮矣. 盛德之興起, 人心亦宜乎?
僕候家小臣, 不過所業讀書談文, 枯坐一廬, 足未嘗踏鄕隣之外, 徒同
鼠窮. 乃聞諸公之風, 而興起, 自以爲窘鱗蘇河流, 將來安必不達三級?
一干於公舘, 仰威儀末光, 得面驗平素所學, 趣裝而將發步, 有事故不
得行, 不料區區丹心, 致自外至於斯也. 昔人好龍, 圖畵以玩之, 一旦見
眞龍之出湖, 卽破膽而走. 僕亦莫以異焉, 奈之何? 中心所藏, 不能徒
自罷休, 端修尺素, 攄私悰, 呈執事人. 非不知冒分罪, 惟願爲名賢大
儒, 所知日出大荒海濱, 有慕賢仰德之狂生. 是所以不顧其他也. 外賦
野詩數章, 拜呈. 雖有意詠歌於大國盛典, 使君皇華, 非僕之所敢能, 强
奏巴曲, 布素懷. 諸公幸一汗電矚, 賜奪和, 何啻華袞·百朋·富榮? 冀
垂昭亮, 曷勝鑪感?

　　呈學士及三書記　　常山

傳誦新詩錦不如, 風流高雅敵黃初, 龍門無路切膽戀, 翔便寄呈一幅書.
聲價數車一代雄, 飄然意氣吐長虹, 詞壇盟主縛鱗毛, 六十六州仰下風
帶礪千年修舊歡, 騎鯨仙侶自三韓, 霜華錯落轆轤劍, 星耀巍峨珠玉

冠, 周道從來箕國興, 漢儀今日李家看, 料知故土榮旋後, 麟閣令名亦
不難.

國命含來異域傳, 扶桑緬在鞠陵邊, 鵬瀛漸盡鵬瀛隔, 鳥道已窮鳥道連,
藻思寧居靈運後, 壯游不讓子長先, 炎凉更過雖爲客, 名姓共輝海外天.

丹書西地鳳, 銜得好音傳, 刷羽韓江水, 奮身東海天, 幹朝知峻節, 瑞
世見英賢, 慕藺心如渴, 何時一執鞭.

桑域幾千里, 環瀛接紫虛, 周王駢跡外, 神禹版圖餘, 龍節來仙侶, 星
輅重象胥, 太平隣好化, 東北混車書.

醫談

　　浪華　百田安宅　平格問　號金峯
　　朝鮮　趙崇壽　　崇哉答　號活菴

　　奉呈　良醫　活菴趙公　閣下
海陸萬里, 長途寒暑. 山川之跋涉, 溟海之浮帆, 辛若多狀. 天扶佳
人, 貴容動履無恙, 誠兩邦之福也. 不勝歡喜, 謹茲拜賀. 戊辰四月

(活復) 涉盡重溟, 幸到此貴都. 得接芝眉, 委問深感. 公號何? 住于
何地也. 審亦之.

(金示) 不佞, 姓百田, 名安宅, 字子山, 宦名別平格, 號金峯. 住于此地.

(活復) 僕姓趙, 名崇壽, 字崇哉, 號活菴. 此地駐節之際, 若荷盛眷,
則幸甚.

(金示) 春來旣聞, 文斾向東, 戀戀情深, 延頸日西望. 願早接芝眉, 親
成交歡也. 今乃渥荷太度, 深承敎誨, 夙志頓足也. 然以寡聞, 接淸筵,
汚高情, 罪無所逃矣. 雖然攝扱之良會, 千載一遇之奇緣, 以難再也. 且
高示懇懇, 故不顧厭困, 敢以告. 邦域雖異, 人情不異, 人情不異, 則病
患亦然矣. 夫無人心之憂甚於病若也. 病若者, 君子仁人之所憂也, 范
文公旣逑焉. 不佞以多病致仕, 隱於醫, 處於醫, 不博醫, 是亦處任不當
也. 故示平日所疑, 以謹問之. 伏請諭卓見良術, 則豈一人之幸乎? 吾
海內之幸也.

(金問) 骨蒸・火動・鼓脹・膈噎, 此四者, 非急症, 而難治也, 其成也.
病因雖多端, 荏苒日月, 皆或一年, 或二年, 急者數月, 兆氣頗, 雖早識,
而不治者多也. 間有治云者, 非眞者, 是疑似之證也. 予私明症不感, 難
治是感也. 予師生涯, 憂此四大病之難如何, 而沒矣. 貴邦此病治術如
何? 若有良術, 則審諭焉.

(活答) 骨蒸・火動・鼓脹・膈噎 四者, 朱・張之所難治, 僕何敢易言
耶? 然而火動, 而脾胃實者可治, 鼓脹, 而無熱症者可治, 病膈噎, 而年已
老者, 末如之何. 以上諸病, 只當臨時, 察其肥瘦, 見其色相, 診其脉, 問
其因, 得之於心, 試之於方. 何嘗有某病, 某病用某藥, 如局方之謬乎?

(金問) 火動, 而脾胃實者, 治法如何?

(活答) 別無奇方. 但脾胃實者, 瀉火・補陰之藥, 雖多用, 病與藥相
値, 久自奏效, 脾胃弱者, 藥未攻病, 而脾胃先敗故也. 中氣旣傷, 則亦
末如之何. 脾胃喜溫惡寒故也.

(金問) 補兼瀉者如何?

(活答) 補瀉兼用之法, 非不可, 而病重者, 若兼行, 則彼此皆不及.

(金問) 骨蒸之治法, 同火動耶?

(活答) 火動中之一證也, 治法與火動同, 而但補陰之藥, 多於瀉火藥也.

(金問) 貴邦若灸之否?

(活答) 火動者不灸, 虛勞有陽虛·陰虛之分, 陽虛之類灸之.

(金問) 鼓脹, 而無熱者, 治法如何?

(活答) 易除其寒水, 而易補其濕土故也.

(金問) 膈噎年壯者, 有治法耶? 不顧厭困敢問.

(活答) 何勞之有? 血液不衰者可治, 慎色戒酒者, 年紀不耗者, 可治.

(金問) 患瘡毒及濕疝者, 婦人經行不順者, 浴溫泉歟? 且溫泉中, 應有溫熱, 寒涼之違, 辛苦鹹淡酸之異也. 患人浴孰湯多乎?

(活答) 皮盧風濕之疾, 時或見效, 而濕疝者, 經閉者, 非外病, 未聞治其外, 而裡自平者也. 但浴法, 宜行於平常無病之人, 非病者之宜也. 水溫則味多辛苦, 水寒則味多醎淡, 又不可同也.

(金問) 貴邦溫泉入湯之法如何? 今之所答, 則異於吾之所問. 但似平生之浴法也.

(活答) 弊邦亦有溫泉, 而但試之於皮盧之疾.

(金問) 弊邦瘡毒, 濕疝, 經不順者, 多浴溫泉, 而得效矣. 素問所謂, 血氣喜溫, 而惡寒, 寒則泣不能流, 溫則消而去之. 卽是意哉乎? 故審問焉.

(活答) 弊邦不過一時解外之寒而已. 終不見效也.

(金問) 貴邦治瘤之法如何?

(活答) 瘤者, 熱氣所聚, 治之以醎寒, 然年久者不可已.

(金問) 小兒, 從十歲, 至十五六歲之中間, 有結項頸之間, 而難潰爛者 爲瘤乎? 治法如何?

(活答) 小兒, 多是瘰癧, 非瘤也. 瘰癧之症, 多灸爲上, 其次如雲母膏, 碧霞膏之類, 皆可用, 而內治, 則伐脾肝之火, 補少陰之血.

(金問) 鍼之如何?

(活答) 若膿則鍼之. 然鍼後, 亦當灸.

(金問) 癇·積久腹痛之類, 諸藥難奏效者, 灸之歟? 且腹部背部點穴孰屬多, 壯數之多寡, 亦如何?

(活答) 癇之爲病, 小兒多有之, 以其飲食無節, 易聚易積故也. 若不用吐下法, 藥亦難效矣.

腹痛若久者, 如是下焦伏熱, 不當以火灸之. 時或暫愈者, 以其熱能宜散故也. 然豈可常試耶? 如是之類, 當以大黃之屬, 蕩滌後, 以凉藥調之也.

背腹部点灸穴, 及壯數之多寡, 照照於論中. 但灸不過百壯, 過百壯, 而不效者, 不更灸也.

(金示) 弊邦人有故, 則一歲中, 有月月灸之者, 月中或重日, 而灸之者, 壯數自百至千, 自千至萬, 而得效者, 多矣. 如何?

(活復) 僕之管見, 未知如何.

(金問) 諸病孰屬多耶?

(活復) 嘗見虛症與熱病最多.

(金問) 貴國服藥, 中汗·吐·下, 何多用?

(活答) 汗法多用, 吐·下嘗稀.

(金問) 小兒之養育如何?

(活答) 小兒, 如艸木之長春, 不假人巧, 但愼其飮食而已.

(金問) 藥一貼之兩目, 輕重如何?

(活答) 弊邦多用一兩重.

(金問) 味好甘耶?

(活答) 此則天下人皆同.

(金問) 弊邦之人, 漢華之藥方, 直用之, 則不堪味者有之.

(活答) 脾胃爲中州, 甘屬脾, 如何不喜甘也?

(金問) 理則然也. 人物之異, 藥法·煎法, 頗異也. 貴邦如漢華, 爲法方乎?

(活答) 比漢差小其劑耳.

(金問) 稱秤, 貴邦與弊邦同耶? 分量如何?

(活答) 錢則百葉, 爲一兩, 銀則以稱錘量之. 貴國一目, 卽我國十葉耳.

(金問) 秤兩如何?

(活答) 上則一分, 前則一錢, 後則一兩.

(金問) 鄙意未解. 秤兩, 請審示焉.

(活答) 自上一目, 計至百目, 爲一兩.

(金問) 然則百目, 卽一兩乎?

(活答) 正是.

(金問) 然則明漢之兩目不用耶?

(活答) 明則多用, 七八戔重.

(海皇示) 君能知吾輩, 以何任來干此耶?

(金復)未審.

(海示) 以三使相書室, 爲文字酬應之事.

(金復) 此地駐節之間, 與公等當爲雅交. 示姓名, 則幸甚.

(海示) 僕姓李, 號海皐, 從事書記. 彼姓李, 號濟菴, 上使書記. 此人姓<u>柳</u>, 號<u>醉雪</u>, 副使書記.

(<u>松齋</u>示) 此文章封固奈何?

(<u>金</u>復) 習漢華.

(<u>松</u>示) 可一覽否?

(<u>金</u>復) 足下姓名如何?

(<u>松</u>示) 僕卽医員<u>趙</u>主簿, 號<u>松齋</u>.

(<u>金</u>示) 公不識良医<u>活庵</u>氏乎?

(<u>松</u>示) 欲見<u>趙</u>太医, 問何事耶?

(<u>金</u>復) 僕項日爲医談, 故問安否?

(<u>松</u>示) 君亦知医理否?

(<u>金</u>復) 僕以多病致仕隱於医.

(<u>松</u>示) 君旣知医理, 則亦識九鍼經.

(<u>金</u>復) 公者鍼医耶? 僕非鍼醫也.

從東都歸後再會筆語　金峯

暑天無炎蒸之疲, 經嶮難千里之馬蹄, 而還此地, 珍重萬福, 恭候動
定也.

(活復) 僕無事, 還到此州, 而更得相奉其德, 不淺曷勝忻幸? 僕頃接
數多医士, 面名名別耳. 今留此地數日, 當乘船, 其間如得頻狂訪焉, 則
何幸如之?

(金示) 荷盛眷, 則鄙人之所願也. 明日當來見, 前日與公, 所同居之
屈其齋, 在何所耶? 太暑之長路, 無恙歸乎? 如何?

(活復) 君欲見之耶? 否乎?

(金示) 嚮者於此房中, 通姓名, 清談之後, 辱書盡, 故問安否.

(活復) 君與居其齋, 相見之事, 僕忘却故耳. 苦熱以難耐, 移居於他
所. 舉手指示.

(金示) 朝鮮國之俗字, 公附眞字敎諭, 則幸甚.

(活復) 此後當如敎耳.

示示李書記海皐公　金峯

炎蒸中長路開山, 無恙還乎? 昨所來候, 聞有微恙如何?

(海皐復) 再奉安否, 多感多感. 僕非無恙. 自路中毒瘧, 昨日幾死菫生, 此悶如何? 以是昨日, 不得與足下從容耳.

(金示) 昨所聞于李書記濟菴子, 只曰, 中暑之輕症, 明日病當愈, 勿使心不安也. 故呈鄙詩一章, 公之今所告, 病甚篤, 謹祈保護.

(海皐復) 病甚, 實難唱酬, 而不可重違勤意, 草草和呈.

　　呈李書記海皐公　　金峰
才子吟毫漢代同, 一時班馬動雄風, 各天明日重相憶, 只見仙槎入碧空.

　　奉和金峯贈別　　海皐
重上禪樓與子同, 一蟬何處又秋風, 浪華明日雲無跡, 回首瑤岑月滿空.

(金示) 病中之高和, 誠有金石之調, 揮筆走龍蛇. 多感多謝. 公發病以來, 日數幾耶? 截瘧之藥, 未用耶? 服藥法方如何?

(海皐復) 已再痛而症甚, 重方服柴平湯.

(金示) 活菴氏療之乎?

(海皐復) 乃医員金氏, 所命也. 卽請胗察.

医員探玄華語　　姓金 名德崙 字子潤 號探玄
入江戶時, 貴邦太医, 以素問運氣, 皆棄之云, 公之所見如何?

(金復) 管見未能窮如何.

(探示) 運氣, 公亦不信云耶? 文字多簡, 未能窮云耶?

(金復) 非以簡不能窮, 唯僕管見未窮取捨如何耳.

(探示) 僕生好讀医書, 而終不能通見臟腑之明. 每想高名之士一得聞見, 今幸奉明公, 今日說話, 以破前日疑惑之所, 如何?

(金復) 示意實是大義之切磋, 僕亦所願也. 敢不陳管見乎? 今日及暮, 明日可來見. 爲拜礼別去.

(金示) 昨所約之金峯也. 當医談, 席上呈鄙詩一章.

(探復) 適有緊意, 暫留, 則當於還來. 去.

　　活菴華語
(金問) 嘗讀李氏本草綱目人蔘條下, 載李言聞, 人蔘傳二卷. 僕未見此書, 示其大畧幸甚.

(活答) 若論人蔘, 無過數言而止. 又何二卷之多耶? 此所書雖有之, 不欲視也.

(金問) 李時珍嘗云, 人蔘精其書, 故審問焉.

(活答) 李氏者, 類脩非大家也.

(金問) 李言聞者, 李時珍之先考, 著人蔘傳二卷, 李氏家深藏焉, 故公未見也. 人蔘製法如何?

(活答) 人蔘或蜜製, 而終不如生用也.

(金問) 今自貴邦, 所將來之蔘, 蜜製乎? 生蔘乎?

(活答) 生耳.

(金問) 湯蔘云者, 如何?

(活答) 湯蔘云者, 採取時, 以熱湯浸洗耳.

(金問) 其色如何?

(活答) 若不以熱湯洗之, 則色黑也.

(金問) 今自貴邦, 所將來之蔘, 熱湯浸洗之外, 別無製耶? 殆似于修製者.

(活答) 人蔘味甘小苦, 有皺紋頭蘆, 分明形狀, 與凡艸木有異. 若鳳凰之飛鳥, 雖奴隷一見, 輒解之也. 何有他製矣.

(金問) 今如公之所示, 則貴邦所將來者, 皆湯蔘耶?

(活答) 非別有湯蔘·熱蔘·生蔘之分. 初採時, 以熱湯洗之而已, 生蔘之名, 未嘗不在也. 別無他巧法耳. 惟因本性而用之, 初採時例, 以熱湯洗之耳.

(金問) 本草曰, 有薄夫, 以人蔘, 先浸取汁, 乃曬乾復售, 謂之湯蔘, 如何?

(活答) 人人用病之品物, 豈如此爲盧乎? 且壯實之人, 飮人蔘汁, 豈不病乎? 此言皆忘也.

(金問[205]) 人蔘用盛過麻油瓦鑵, 泡淨焙乾, 泡淨之義如何?

(活答) 人蔘無湯泡之法, 只生用.

(金問) 百濟人蔘者, 形細而氣味薄於<u>上黨</u>, 如何?

(活答) 不下於<u>上黨</u>.

(金問) 高麗, 卽是<u>遼東</u>, 形大而虛軟, 不及百濟, 實然乎?

(活答) 地不同故然.

---

205 원문에는 '答'이지만, '問'의 오기(誤記)인 듯해 바로잡았음.

(金問) 新羅者, 如何?

(活答) 新羅者, 卽高麗無間.

(金問) 公此草根, 爲何耶? 示吉野人蔘.

(活答) 甚能似人蔘, 不能審.

(金問) 所産于弊邦之人蔘也. 貴壤之人蔘, 探取, 則如此色乎? 微笑而不答.

(金問) 公此艸何名? 貴壤有之耶? 示尤.

(活答) 此艸蓶香乎?

(金問) 此艸爲何耶? 示部百根.

(活答) 此是鳳尾草乎? 不能審也.

(金示) 不顧疲勞, 侍高筵, 是天涯萬里之別, 遺念以難堪也.

(活復) 僕亦如公矣. 一別之後, 音信難通, 可不恨悵耶? 公得間, 則明日更來.

席上奉活菴公　　金峯

相逢池水更通神, 復值郢詞離曲新, 淑氣自南秋未老, 仙郎明日乘舟人.

奉酬金峯韻　　活菴

知君術業叶於神, 袖裏青囊砭石新, 今世誰知眞國手, 可憐看作等閑人.

謹呈良医活菴趙公書　　金峯

嚮者日日到儐舘, 深受眷厚, 人人爭先而見之. 僕最敎誨慇懃, 諭所未傳, 導所未及也. 古不云乎? 盛世之人民, 嬉遊于光天化日之下. 方今星雲召祥, 萬邦淸治, 文華盛也, 人物厚也, 海外海內, 皆恭敬之交也.

今年兩邦, 有盛禮之親, 因茲公等遂信使. 遠渡海瀛, 征旆綠袍, 皆命世之才, 而君子之人也. 恭以太平之恩波, 無際無極矣. 如予淺才小人, 接高筵得聞道也. 夫習小邑, 而不觀大都者, 未知文物之所美, 局近規, 而不攬宏綱者, 未得造化之所妙, 況小人與君子乎? 然公之博愛, 以予爲可敎, 辱授醫術之深淵于逆旅于僕. 豈不感觸乎? 歷年之所疑, 盡妍窮, 誠如大寐之頓覺也. 倍信公之德之殷, 而医之精妙也. 公謬稱僕医, 足以医國矣. 慚愧汗流不知所言. 嗚呼! 公之於臾扁之術, 審且盡矣. 愽之於文, 約之於實. 當機制變, 因有官命, 官命賜良之字, 而遙來桑域. 公者是萬世之衡鑒矣, 非吾儕小人之所及也. 夫世之言医者多矣. 自軒岐以來, 諸子百家, 立言設論, 豈止數十家哉? 雖然發明斯道, 以爲後世之法者, 才不滿十人, 仲景·劉張·朱李耳, 公兼焉. 公之臨此都, 千載一遇, 若意有所思而不言, 何時質疑于公? 數言不顧, 墜於支離. 不堪感佩, 敢敍, 唯少垂諒. 謹呈鄙言, 伏祈千萬丙照. 不宣.

奉送別　　金峯

昨夜秋風初渡河, 聞君明日唱離歌, 對分一語兩行淚, 無那歸舟萬里波. 戊辰 七月

謹奉復金峯百太醫

公昨日枉²⁰⁶臨, 今又以書來慰, 其情可謂至矣. 不勝忻忻, 但言辭之間, 過獎至此, 令人不安於心. 僕不過箕邦一腐儒. 論其術與文, 不足以齒論於古人之萬一, 而對稱譽, 竊爲公赧然也. 惠但多, 而在情不在物, 何其眷念若是? 尤爲感感.

奉和金峯韻

樓船十二沂長河, 鼓角聲中雜櫓歌, 更見金峯明日去, 昭前浩浩萬章波.

呈矩軒朴學士案下　　金峯

曲笠東移奈偉勳, 輔行千客孰如君, 風流自耐起詞格, 康樂由來有異聞.

奉次金峯韻　　矩軒

麟臺無意策奇勳, 天外神受付與君, 山水樓臺桑佛懈, 彩雲笙鶴駐帆聞.

呈李書記濟菴公　　金峯

龍節西歸萬里餘, 東方鳳翥百篇書, 詩神若吐胸中墨, 海上誰傳飛美譽.

---

206 원문에는 '狂'이지만, '枉'의 오기(誤記)인 듯해 바로잡았음.

奉和金峯韻　　濟菴

瑤花隨處想秦餘, 滄海歸程有草書, 山水炳靈從古意, 喜君能擅鳳毛譽.

奉柳書記醉雪公　　金峯

事已黃門發棹歌, 玳簪西向意如何, 遙知萬里歸家日, 應有携琴阿敬和.

和贈金峯　　醉雪

汀雲漠漠雨微微, 徒倚禪樓對落暉, 萬里流波天共遠, 一詩珍重送人歸.

桑韓鏘鏗錄卷醫談終

寬延紀元戊辰冬十一月

皇都書林　圓屋清兵衛　櫻行

對麗筆語
桑韓鏘鏗錄　下

此叢書誠敘

朝鮮醫雖稱博讀諸書流通意

不通入神正傳二出難經既已

妄註在是中亚學而知之已當

令

大和醫學隆起上自官醫諸

先生小玉毅澤醫流甚不取此

於壺素而取方於千金外臺也

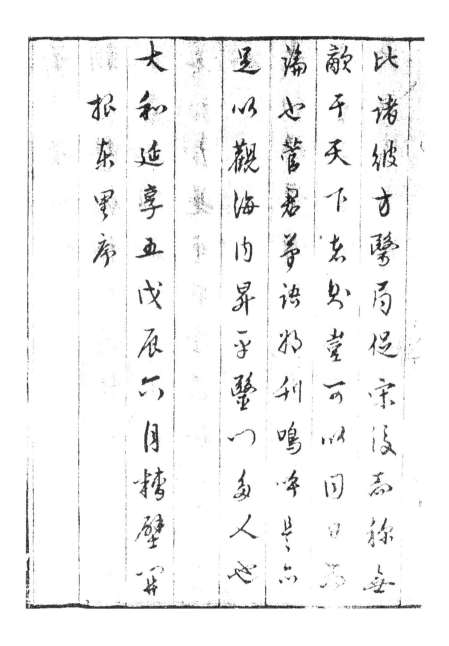

比諸彼方罄局促宗派而稱毎

敵于天下去取壹可以同日而

滿也菅君筝諸物刊鳴呼吏長点

是以觀海仍昇于壁門多人也

大和延享五戊辰六月搨壁于

根本畏序

對麗筆語

江都　管道伯炎長著

延享五戊辰年五月。朝鮮三使來聘六月三日余會

其良醫趙崇壽於本願寺官醫呂河二君亦至崇壽

字敬老号活菴年可四十戴紗帽身著淺青色服

余書曰不佞管名道伯字曳長江都人自号縱陽

趙曰公年歳幾許而從師何人耶

余曰不佞春秋三十七先人所業不敢發隨今旦是

好日天賜相見實為萬幸聞之紀氏公近日有微恙

今日既愈快也。

趙曰疾已少瘳而荷公問感感公平日所工自何書

始。

余曰不佞幼失先人雖取素難而讀之古文苦澀每

苦難通故至今日無所成就貴邦醫者所讀何等醫

書。

趙曰讀書之法自易而及難先讀素難似過矣弊邦

醫者每自入門正傳等書始研熟然後進於素難正

傳辭意明白。入門歸趣細密若併而行之則難勾于

天下無敵者如非高材特見而先讀素難則難得其

與意也博讀諸家然後可以窺其深邃也若安白高

6

大則畫虎不成反類狗者也僕豈有所見也但以愚

意言之耳公如領可則幸矣

余曰謹領教意不敢遺忘雖然聞之先人爲學之道

先攻其難者難者既通則易者可不攻而通也今欲

通素難奧意而先讀入門正傳及近世之書恐無此

理。

趙無語余欲再問曰趙曰公居在城中那有靈素全

帙耶

余曰居在城南三田距此二十里飢稱醫者何醫書

之不蓄也

趙曰有難經耶

余曰難經此方所傳行者滑壽註我大阪有見豈先
生者著難經或問又有玄醫先生者著難經註各似
勝滑氏註。

趙曰越人難經後世何人敢言其緼奧也。此等說公
莫惑也。非古註則不可也。

余曰公未讀諸註何故胡亂說。且所道古註是何等
人所註。

趙曰難經本無註可以意解。

余曰聞貴國長白山產人參最是上好人參勝他所

8

趙曰取用中原來者

貴國之人不知形狀

余曰東醫寶鑑曰貴國無欵冬、此物山野多在恐是

也

趙曰貴國參說只對河公言之耳。非真參辛勿泥此、

水而炙之、貴國亦有鬚參耶

余曰我國近道所所出鬚參、味甚苦用之法浸甘艸

最。

趙曰不獨長白山諸名山皆產焉而以北路產者為

出不知信然耶

余曰東醫寶鑑是黃國許浚氏所著許氏何處人

趙曰許公是洛陽人。

余曰聞火砲近金福戈春精火藥為烈火所傷死生
如何。

趙曰大抵移發時留置船所其死生未可知也。

余曰此方近年有一種病其症之起始甚微矣但覺
兩脚痿弱四五日後呼吸短促腫自脚入腹須史死

矢脉洪實症似千金所論風毒脚氣也醫以似故用
千金方而治之不瘥近時一二有識醫者為脾氣所

鬱結而治之間有瘥者不知貴邦亦有此病耶。

趙曰是即脚氣衝心之候脉當沉緊而短不當洪實

也且自緩而急非卒暴致心也病之疑似者何限而

弊邦亦未曾見之耳

趙讀余扇面詩曰是何人作

余曰此我國南郭服先生題富山詩

趙曰真佳作也先生居何處

余曰此人隱居都下博覽強識上自墳典下至諸子

百家無所不究最善詩諸體無所不具也賤後世文

辭而專修古文辭也此方學者仰之如泰山北斗列

國諸族爭碎之不起以不佞觀於是日本開闢以來

新未嘗有之人材也。

趙曰先生今年幾許有子幾人。

余曰先生年既七十有二子次子先亡長子桑亡。

趙曰可謂不幸葉西京聞有郭西翁者未得見其人。

果隱者耶

余曰凡有德之士隱愈深而知者愈衆郭西翁家寥

我嘗聞矣哉不侫不知如何人耳。

趙曰路上見掛國分散藥名者是弊國別造名耶。

余曰我國開藥鋪者皆掛一奇藥名於路頭更好奇

者則造新名。要求售故耳公所覽必是。

趙曰路傍多有造置人形者此物有何所用

余曰是兒女子所玩弄何用之有

余曰前年有斗文奇君者以良醫束此今猶壯健

趙曰奇公已亡矣其時筆談有可覽者否

余曰此時有漢南村先生者迎接奇君有筆語唱和

錄此方今飭刊行

趙曰可得寫目耶

余曰國禁不許使此方人所著書而攔出於海外詢

諸紀氏而後獻左右

趙曰公必踐約也

余曰貴國貴世官醫亦是世官耶

趙曰弊邦無世官之法且封建之害公不知縣後世

瘼微不肯者多何以能為治國之道。

余曰郡縣封建俱是天地自然之勢耳自秦至明郡

縣而忽焉何必郡縣之是也而封建之非也今欲論

列是非醫人所冝談也公欲詳其說則此方有春墓

生者著封建論上下篇公讀之而可也。

余曰公所冠何名吾儕今日中心有感焉今不向公

說。

趙曰是東坡冠也國俗各異公何自嫌之有。

余曰聞之馬島人貴國附庸有耽羅產桂如東京桂

故國鼇不覓清來者也信然耶耽羅距貴國幾許里

程其國飲服屬貴國想如我有琉球蝦夷也衣冠製

同貴國否

趙曰耽島無產桂之事固妄也衣冠如陸路而小有

異者彼表不處溫耳距南海二十餘里

趙曰東都民戶為幾許城周圍為幾里

余曰東都是五方之俗所輻湊故戶口多少不可知

城周圍國法不許向外人亂說破吾輩不能知

趙曰貴國無溫埃在深冬而能與宂意耶

余曰我國有火燵架木於爐上形如架室狀宿置

蒲團擁之禦寒人性亦勝寒故編戶之民或裸體来

性雪中略無寒色。

時奴進食奉罍一如此方趙就食飲食並用匕箸余

曰小人未掌大國之食幸分一杯以嘗。

趙曰弊邦饌品與食味如何。

余曰我國平日淡食貴國專是膏粱腸胃尚習固不

同矣。

趙曰誠然矣趙出藥品數種示之為藥如字多產遼

更索白又出不按金藿香正氣二散帖重圭德此

帖多甘艸藿香如藥鋪稱埋葉者更芳香

余曰貴國柴胡瘦甚更有肥大而短者耶

趙曰本瘦而短細。

余曰白朮有別種耶。

趙曰又有蒼朮耳。

時有一人高冠大衣進而揖余。余曰僕是菅道伯。公姓名何。

彼人曰僕金啓升居在龍山。山堂号玩義齋別号眞狂。字君白。隨行副使行中耳。

余曰公是文官耶武官耶

金曰非文武官而士人也。

余曰曾讀明記太祖制文官之子不得為武官猶武

官之子不得為文官貴國亦然耶。

金曰鄙國文武并用而文官之子或為武而不失其

名官武官之子或為文官不得為名官耳僕新羅王

孫八代相之孫也內外近族無武官也

余曰公是大國王孫。起敬起敬。

金曰何敬之有。

余曰平壤錄曰貴國金姓是金天氏之後也貴國所

有此説耶。

18

金曰金姓亦有數派不同耳。

時有一小童往來廊下余曰聞小童中善書者是耶。

趙曰此童子不能書矣。

呂君時出所載酒各傳飲趙曰過路見酒味甚薄矣。

今此酒甚清香可愛貴國釀法亦多端耶。

余曰我國美酒甚多。以池由伊丹者為極品。又有燒

酒出自薩摩州傳之燒酒本自琉球來。琉球隸薩摩

故人爲薩州所出、

趙曰此酒名燒酒耶。

余曰此非燒酒。

余時賦一絶與金啟升

萬里飄飄游子衣。江山幾処白雲飛。萋萋芳艸春風

盡。不識王孫何日帰。

趙曰金公己去矣當傳之耳。

余曰煩公。

余曰貴國有山鼠大如牛即方言足紙飛此説恐是

妄也。

趙曰極大者如㹠狗前説皆妄耳。

余曰青鼠是山鼠毛信然耶。

趙曰然矣。

余代呂河二君書曰二公曰坐既久矣今欲辭去願
以第五日來見不知許不
趙曰若如此則感幸公亦與二子來會
余曰不佞亦以此日跟隨耳奇君筆語詢諸紀氏紀
氏道既是貴國人所唱酬呈之尤右何妨之有再會
曰奉贈之。
趙曰如再枉則何喜如之奇公詩與談若使寓日則
尤幸幸遂相揖而別。

第五日己時到本願寺此日丹君正伯以 官命來

問事於趙不許他人同席余在外廳自己至未不得

見趙余謂紀氏曰官醫既己衙 命來難見固當然

矣雖然一去不可復見若得見則公之賜也。紀氏曰

君速去勿久坐余曰諾矣從紀氏而到其內房安

頤趙行李處原欲持疑事十餘條詰問趙紛冗遂不

果。

余曰今日再來煩公。

趙曰不失其期可謂信士矣

余曰公疾少瘳耶。

趙曰僕疾未瘳勞問。

余曰何等疾所服何藥方。

趙曰於海上多觸風露頭疼甚苦而且拍膊胃不能

食欲而服藥者數日亦不得快然耳。

余曰恐是脾氣鬱而非損脾胃也。

此時紀氏來曰官醫佇久何不出趙便旋而坐余曰

聞諸官醫復煩公羈中多事多恐如疾也。

趙曰諸公來請難以疾辭奈何公與僕同出外堂如

何。

余曰朝廷使官醫問事於公今日不可在側。

趙曰然則何日更相見耶。

余曰相見恐無期也所約奇君曾集錄前日為一友

人所持去破今日不暇請俟明日此小冊子代我國祖

徐先生者所註于麟絕句讀之而可以慰羈中寂寞

也。

趙曰贈以詩如得百朋且感厚意公云難可再訪不

勝悵缺矣求知閣者阻之耶

余曰紀氏不許使我筆數見非為閣人所阻後會實

難矣此詩寡君所命公今日多事得閒則幸一昵之

趙曰此人是誰。

余曰是僕所游事即宇土侯

趙曰國族耶在何地

余曰族是開國功臣源忠興後裔忠興庶子封宇土

子孫襲封至今族

趙曰河公呂公何不入來

余曰聞河公既在客廳呂公未來

趙曰河公何不入來

余曰不知何故

趙曰宇土距此為幾里在何方

余曰國在海西以今里數二千六百里貴國一里是

同中原一里耶。

趙曰然矣。

余曰衣冠是明製耶貴國別製耶。

傍有趙德伴者書曰衣冠本是周製。

余曰何所徵。

趙出紙許多而曰小物何足言聊以表情而已

余曰珎寶此紙何名。

趙曰名簡紙。

紀氏來語曰丹公坐客廳餞久何不出矣余匆匆而

辭去。

與趙崇壽

鴨綠鷄林指掌間，如何此処駐朱顏，人參五葉春應
遍萬古風光長白山。　　趙和

沉沉數翔海山間，未到搏桑已減顏，大藥駐年君莫
謊不如歸卧故鄉山。　　余再和

五十三驛彩雲間，但道烟霞堪解顏，不向芙蓉顏
色何如此処是三山。　　卒賦與趙崇壽用河公韻　道伯

28

一堂杯酒夕陽懸、此去鴻書不可傳、烏嶺秋風歸路

月。相思時贈 白雲篇。

再用河公韻奉酬管公案下　趙崇壽

一堂相遇兩情懸、筆話詩腸憑酒傳、他日故鄉相思

夢。正憑酬唱浪吟篇。

與趙欽光書

奉承顏色者、僅一再。何以令伯戀戀函丈而欣慕之

已。時也歸途在逆旅中、既已多事。户外而屐滿焉、顧

犢而相仍為、縱是公長者誘引後進下、已愛伯之狂、

伯豈可為強顏靦覥見矣、而令長者視日盆蔑乎其

而後請出也嗚呼各在天之一方公與伯旣已異域

殊俗雖欲相從請業肭後末由也已所約句忌唱和

錄獻之左右伏願山海萬里公自愛管道伯頓

首〇〇〇〇〇

茶復管公案下

數次相奏因擾擾未克從頌中心不無恨焉而惟以

更秤為意何來一札忽墜於案上始知公不代再訪

便以此書遂相別也一別之後雲山萬重雖欲相問

其可得乎送人萬里歸故鄉萬萬忽忽不宣戊辰季

夏朝鮮國沽庵趙崇壽

30

奉朝鮮良醫活庵趙公啟

夫登濁剖判造化權與五運之行以木為紙玄黃覆

載乾坤始成四方之巾惟東為首是故朝鮮疆域之

之邦搖光益明紫氣凝空長觀不廢山濱之利扶

桑神州之城黃金鐘精赤光射天偏知堪輿中宮之

己二韓四郡七道八州地既有存精靈之氣而光漢

京於諸州人寧無備剛正之德以觀江都乎萬國大

使遠至代終含章道路堵觀矯幼扶老前驅後乘何

戰容赫赫太蓋駟馬其意氣揚揚小是清世壯觀焉

而太平盛事也藝以良醫活庵趙公足下夙剛羽鳳

31

定擅名雛林探秘典於靈蘭得眞言於金匱枕中鳴

寶登衆人於春臺肘後奇方辮斯民於壽域扁鵲復

生渤海倉公遂受石神寶爲東醫寶鑑何必天元玉

册掛仙帆而渡滄海採藥之外近繫江東從聖粗而

入殊方醫國之手遠及海表沈疴痼疾願仰良齋保

殘生雜科專門望奉聲咳承顏色如僕藝溥庸醫都

下粗工生既不林識亦謂劣少雖受先父之訓長未

羊軒岐之堂苦志焦心徒爲重瀋折肱錐股空斷鈍

林俚函丈而躊躇懷片刺而躑躅雖然爲馬不鳴則

安顧伯樂洪鐘無叩則難發大音故一擧龍門叩採

頷下。碩曲慈誨。永發蒙忘過此。以邊不知所措

對麗筆語終

江都　前田道伯先生著

延享五戊辰年六月

書房

江戸日本橋通壹町目

出雲寺和泉掾　發行

桑韓鏘鏗錄

醫譚

下

柔韓鏘鏗錄卷之下

呈朴学士書　　　　　　　鶺鶺軒

伏聞今春貴国令聘使来修隣好、儀盛物腆、寔為国
事之巨標也、坤神玄感、水族潛逃、跋涉於数千里舟
車毎恙、而入於桑域、豈貴国一方之慶、亦慰兹土群
姓之望而已矣、恭惟朝鮮箕封之時、為帝師国、九畴
以起、聖教以行、猶考於上世、版圖通禹籍、甲子並堯、
璿淵源故當然、是以世々皡凞淳曜之化、涵育蘊積、
優优儷平中華、而毎殊邦与之爭光也、宜矣歷代□

3

風神清通、忠誠激烈、負経綸之才、擅文陣之余、大人
先生者、篤立基布動馳名於遐陬異域、赫々乎養仙
不自擁、普曾以為若他年朝鮮修交聘有夫大人君
子者来則星軺之所富、雖去敬邑遼遠負笈效藁章
執謁於詩賦壇上、一有観於大国之風矣、今也其所
期之時、而門下者其所望之人也、當遂素望惜哉養
仙顔齢過古希筋力共悴憊、不能速即行扣衣於名
門也、風思将為縴指衆也、既而以為古人一行之書
信徃来比見之顔色則若僕懸憲其人与縁御李者
之於書信豈不勝徒已哉、卒之修尺素、陳駒馬籟懷

以呈左右養仙窮巷之鄙人不知通尊者誼只恐亙

煩瀆統祈恕察別錄所著華夷辨及野詩數首奉浼

尊矚、賜是正幸莫甚為猶華夷辨揮彩毫校一篇之

題辭、誇卿黨為華袞傳子孫為嬴金者也、薄號戴百

糞遑克贄儀畧表區々誠笑納為至感

振鐸韓夫子星槎道後東衣冠循聖曲礼樂儀皇裘

滄海唯看日素波若駕空欲済㝫一筆何歲坐春風

奉朝鮮学士及諸公

鷫鸘軒

僕日東野人柳川寒士、巢其林藪、而不覩華都之壯

麗、觀其磧礫、而未知藍田之美玉、謬夯鄙簿㝫有一

長鳥、是故不餘斟酌道德餚覈仁義、以漸于縉紳先

生之庭階也、玆乃不亦恱乎、迺聞聘礼竣事、瑞旆再

抵、赤關昂擬負笈簦輦經問聖賢之風、孟如古稀何徒

悵々耳、僕嘗述葦臾辭非卑人尊我、実是自然之公

論也漫塵電矚祈塵教尊慮如何如何吝如椽鼠

顰一揮擲瑤序、為其寵惠寧償百朋之賜乎、敬藏之

金櫃永以為家珍外呈鄙詩伏乞郢斤與珍寶當今

紅暑溌人為道為　国自王、万祓々々

熙運河清一千年済々聘使鴛鷺連三韓玉帛承筐

莒、萬国衣冠向真銓鼓瑟吹笙且湛只式燕式敖豈

其然旆旆旌旗文從橫皇皇車馬錦鞍驊騮逃玄
木蘭枻黿神擁護沙棠舡冨士琵湖笑太禹淺間岐
岨卿史遷叱雷製龙挾函根捫鵬撮鷗涉巨川洋洋
隣好矣其疆百姓擊壤樂上玄
莘詔唯迎日、東武東復東祗傳志蓬矢何喪石尤風、
聘使盡英雄客星焕日東詩腮吞夢沢德器小高嵩
降駕探仙窟殂旗問国風華夷吾有辨天下幾入同

　　僕姓櫻井名養仙字見甫号鶴鶏幵
　　此附具以干尊聽耳
戊辰季夏

寄馬嶋阿比留氏書

常山

濟々多士、以斯道孚於候國、每聞時論之所推、貴邦
未嘗不爲之右矢、僕錐不便、欽慕貴邦之冨賢士、廢
幾一修荆識於其人者、干兹有年矢、而貴邦与敝邑
錐同於西海、蛇山重障鼃水間隔、實是遠而未遂其
夙志矢、天乎何遭際之弗偶乎、伏聞今兹朝鮮之聘
使修隣好来、途依於貴邦而東貴邦多士之領袖、阿
比畱君等祗事与聘使同東矢、台臺千里之遊中、應
對文接於遠人、其冗絆之労、可知而已、然台臺雅望
夙成、栄聞休暢、以當是役、可賀焉、僕向不自揣、以爲

8

一叩聘使之寓舘、觀其礼度文物之盛、且得驗未技
於其傍、因想避近台臺於韓人聯璧之席、慰暢夙昔、
亦在於是行、自顧一身若百慮之齊聚、是意有愉乎、
然不圖員芨之期、而有事故奈不淂行久之又以為
人之知偶、貴通彼是之情、何必見顔知偶云我敢戟
赤一二篇一呈台臺之筆下、述懸憲非一日負讀曾
今神交五託雙鯉莫謂我毎似而舍我大辛為一寄
学士及三記遼通傾慕之私不糊封先達之於台
臺之貴寓者彼徒珠域之人實於　　国家来意州野
人弖私通於書信有弊不許是以謾煩台臺達卑懷是

冀而巳外同寄野詩数車有意丐和棄台臺不靳湌

頬彼是荷厚惠昌贊万惟丙警不備

寄朴学士及李枏李三書記書　常山

日本筑後州柳川文学内山祐之奉書朝鮮大学士

及三書記諸公門下伏聞今兹上国修文聘三使臺

及諸君子数千里程跋涉於江山許多日子躺胃於寒

暑其辛勤之状可知矣然星貂雲帆景聘箭進坦然

抵兹土寔惟両国慶幸我羨事棻惟扶桑西北彼

蒼之外別有一方天地聲聞播溢於珠域稱為大東

有羨国矢此豈為名山大川雄都廣邑融結布列乎

其宇異尅珍卉、珠玉雜寶育產生出乎其土哉、蓋其
国、聖学大闡、庠序之設、礼樂之制莫不具而備、政冶
修明、礼義之教、羡於上下、其所以能然者、始中乎丛
教箕條、流沢沿襲世々名賢輩出、扶植斯道以
近干今也、優稱之所帰其以此而興起哉、雖異壤不同
宇聞其風者執不歆慕而興起哉、方今諸公优三使
臺奉浮榿之役、孔夫子曰、使乎四方不辱君命可謂
士矢使命之為言不亦重哉、諸公穎脱於举朝群英
而膺是重選為所親名賢大儒之巨璧、不賛而自露
為、閩繡郡之所過州郡紳紳處士、遝遝星馳雲集嵩

々然喝々如、以諸其一觀聆其聲咳為登龍之栄矣
盛德之興起人心亦宜乎僕儜家小臣、不過所業讀
書談文枯坐一盧足未嘗踏鄉鄭之外、徒同鼠窮乃
聞諸公之風而興起自以為窮辮蘇河流將來安必
不違三級一于於公館、仰感儀表光浮面驗乎素所
学趣裝而將發步有事故不浄行不料區々卅心致
自外至於斯也昔人好花、圖畫以玩之、一旦見真花
之出湖、即破胆而走僕亦莫以異焉奉之何中心所
蔵不能徒自罷休、端修尺素攄私懷、呈執事人、非不
知冒分罪惟願為名賢大儒所知日出大荒海濱有

慕賢仰德之狂生、是所以不顧其他也、外賦野詩數

章、拜呈、雖有意詠歌於大国盧典、使君皇華非僕之

所敢能、強奏巴曲、布素懷諸公幸一汗電驅賜尊和

何啻華袞百明富榮冀垂昭亮曷勝鎬感

呈学士及三書記　　　　　　　　　常山

傳誦新詩錦不如風流高雅散黄初卷門坴踣切膽

憲翔便寄呈一幅書

邑價數車一代雄飄杰意气吐長虹詞壇盟主縛鱗

手六十六州仰下風

帶硴千年修舊歡騎鯨仙侶自三韓霜華錯落瀘爐

劍星耀巍戣珠玉冠周道從来箕国興溪儀今日李

家看料知故土榮旋後麟閣令名亦不难

国命含来異域傳扶桑緬在鞠陵边鵬瀛漸盡鵬瀛

隔鳥道已窮鳥道連藩思寧居靈運後壯游不讓子

長先炎涼更過雖為客名姓共輝海外天

册書西地鳳衡淂好音傳刷羽韓江水奮身東海天

幹朝知峻卲瑞世見英賢慕蘭心如渭何時一執鞭

桑域甏千里環瀛接甃虛周王駷舼外神禹版圖餘

芚卲来仙侶星羽重象胥太平鄴好化東北混車書

醫談

奉呈

浪華　百田安宅平格問 号金峯

朝鮮　趙　崋壽崇哉荅 号活菴

良醫活菴趙公閣下

海陸萬里長途寒暑山川之駿涉、溟海之浮帆、辛苦
多状、天扶佳人、貴容動履毎慈誠

兩邦之福也、不勝歡喜謹玆拜賀　戊辰四月

活
復涉盡重溟幸到此　貴都淨接　芝眉委問溪感、

公　号何住干何地也審　示之

金
示　不倭姓百田、名安宅字子山宜名別平格、号金峯、

15

住于此地 復活 僕姓趙名崇壽字畫哉号活菴此地駐

節之際若荷 盛春則幸甚 金 春来既聞 文斾向

東窓々情深延頸日西望顒早接 芝眉親成交

歡也今乃運荷 太慶濫承 教誨夙志頣延也然

以寡聞樗接清延汚 高懷罪每所逃矣雖然撥坂之

良会千載一遇之奇縁之难再也且 高示懇三 故

不顧戰困敢江告邦域雖異人情不異人情不異則

病患亦然矣夫每人心之憂甚於病苦也病苦者君

子仁人之所憂也范文公既述爲不佞以多病敢仕

隱於医处於医不愽医是亦処住不當也故示平日

16

所疑以謹問之伏請　諭阜見良術則豈一人之幸

乎吾海內之幸也

問金

骨蒸火動皷脹膈噎此四者非急症而難治也其

成也病因雖多端往葦日月皆或一年或二年急者

數月兆氣頗雖早識而不治者多也間有治云者非

真者是疑似之證也予私明症不惑難治是惑也予

師生涯憂此四大病之難如何而沒矣賣邦此病治

術如何若有良術則審　諭為

活醫

骨蒸火動皷脹膈噎四者朱張之所難治僕何敢

易言耶然而大動而脾胃實者可治皷脹而呈熱症者

可治病膈噎而年已老者未如之何以上諸病、只當

臨時察其肥瘦見其色相診其脉問其因得之於心、

試之於方、何曾有某藥治某病、某病用某藥如局方

之謬手

問金 火動而脾胃実者治法如何、

答活 別無寺方、但脾胃實者浮大補陰之藥雖多用、病

與藥相値久自奏効、脾胃弱者藥未攻病、而脾胃先

敗故也、中気既傷則亦未如之何、脾胃喜温悪寒故也、

問金 補兼浮者如何 答活 補浮兼用之法、非不可、而病重

者、若兼行則彼此皆不及

問金 骨蒸之治法同火動耶

答活 大動中之一證也、治法与大動同、而但補陰之藥、

多於浮大藥也 問金 貴郷若灸之否

勞有陽虛陰虛之分、陽虛之類灸之 答活 火動者不灸虚

治法如何 答活 易除其寒水而易補其濕土故也 問金 皺脹而血热者

膈噎年壯者有治法耶不顧 厭困敢問 注 何勞

之有血液不衰者可治、慎色戒酒者軍紀不耗者可

問金 患瘡毒及濕疝者、婦人經行不順者、浴温泉飲、

且温泉中應有温热寒凉之違牟苦鹹淡酸之異也、

患人浴執湯多手 答活 皮膚風濕之疾、時或見效而濕

病者、経閉者非外病未聞治其外而裡自平者也、但

浴法、宜行於平常無病之人非病者之宜也、水温則

味多辛苦、水寒則味多醎淡、又不可同也 [金問] 貴邦温

泉入湯之法如何、今之所答、則異於吾之所問、但似

平生之浴法也 [活答] 弊邦亦有温泉而但試之於皮膚

之疾 [金問] 弊邦瘡毒濕疝經不順者、多浴温泉而得效

矢、素問所謂血気喜温而惡寒寒則泣不能流、温則

消而去之、即是意哉、故審問爲 [活答] 弊邦不過一時

解外之寒而已、終不見效也 [金問] 貴邦治瘤之法如何

[活答] 瘤者、熱気所聚治之以醎、然年久者不可已

[金問] 小兒、從十歳至十五六歳之中間、有結項頭之間

而难溃爛者為瘤爭治法如何　答活小兒多是癭瘤非

瘤也、癭瘤之症、多灸為上、其次如雲母膏碧霞膏之

類、皆可用、而内治則伐脾肝之大、補少陰之血問金

之如何　答活若膿則鍼之、然鍼後亦當灸問金鍼積久腹

痛之類、諸茱难奏効者、灸之欲、且腹部背部點穴執

屬多壯数之多寡亦如何　答活瘤之為病、小兒多有之、

以其飲食毎即易聚易積故也、若不用吐下法茱亦

难効矣

腹痛若久者、如是下焦伏热不當以大灸之時或痯

愈者以其热能宜散故也、然豈可常試耶、如是之類、

當以大黃之屬蕩滌後以涼葯調之也

背腹部点灸穴及壯數之多寡照々於論中但灸不

過百壯過百壯而不效者不更灸也

[金] 斃邦人有故則一歲中有月之灸之者月中或重

日而灸之者壯數自百至千自千至萬而得效者多

[示金] 諸病孰屬多耶

[問金] 僕之管見未知如何

[活] 嘗見虛症與热病最多

[活][復] 復汗法多用吐下嘗稀

[活] 多用 [問金] 小兒之養育如何

[問金] 貴國服葯中汗吐下何

[答活] 小兒如艸木之長春不假人巧但慎其飲食而已

小兒第一貼之兩目輕重如何

[問雕] 斃邦多用一兩重

問金　味好甘耶　答活　此則天下人皆同
之茉方直用之則不堪味者有之
屬脾如何不喜甘也　問金　理則然也、人物之異茉法煎
法頗異也　貴邦如漢茟為法方乎　答活　比漢差小其
剉耳　問金　稱秤貴邦與獘邦同耶、多量如何　答活　錢則百
茉為一兩、銀則以稱錘量之、貴国一目即我国十
茉耳　問金　秤兩如何　答活　上則一多前則一錢後則一兩
鄙意未解秤兩請審　示焉　答活　自上一目計至百
目為一兩　問金　然則百目即一兩乎　答活　正是　問金　然則明
漢之兩目不用耶　答活　明則多用七八戔重

獘邦之人　漢茟

［海］［示］君能知吾輩以何仕来于此耶 ［復金］未審 ［示海］以 三

使相書室為文字酬應之事 ［復金］此地駐節之間與

公等當為雅文示 姓名則幸甚 ［示海］僕姓李号海皐

従事書記彼姓李号済菴上使書記此人姓柳号醉 ［示松］可

雪副使書記 ［示松］斎 此文章封固奈何 ［復金］習漢華

一覧否 ［復金］足下 姓名如何 ［示松］僕即医貟趙主簿号

松斎 ［示金］公不識良医活菴氏乎 ［示松］欸見趙太医問何

事耶 ［復金］僕頃日為医談故問安否 ［示松］君亦知医理否

［復金］僕以多病致仕隠於医 ［示松］君既知医理則示識九鍼

經 ［復金］公者鍼医耶僕非鍼醫也

24

從　東都歸後再会筆語　　金峯

暑天毎炎蒸之疲経嶮难千里之馬蹄而還此地珎

重萬福恭候　動定也[復活]僕毎事遷到此州面名名

相奉其德不浅昌勝忻幸僕頃接数多医士面名名

別耳今留此地数日當乗船其間如得頻狂訪焉

則何幸如之[予金]荷　盛養則鄙人之所顏也明日當

来見前日与　公所同居之一屋其齋在何所那太

暑之長踏毎慙歸乎如何[復活]君欲見之耶否乎[予金]嚮

者於此房中通姓名清談之後厚書盡故問安否[復活]

君與居其齋相見之事僕忘却故耳苦热以难耐移

居於他所 舉手指玉 ｜承金｜ 朝鮮国之俗字 公附真字

教諭、則幸甚 ｜復活｜此後當如 教耳

示示李書記海皋公

｜復皋｜

炎炎蒸中長跪開山、毎蒙還平、昨所来候、聞有微恙如何

金峯

｜復皋｜再奉安否、多感多感、僕非毎蒙自路中毒瘧、昨

月 幾兆堇生、此悶如何以是昨日、不得與足下従容

｜示金｜

耳 昨所聞于李書記泳菴子只曰中暑之輕症、明

日 病當愈勿使心不安也、故呈鄙詩一章、公之今所

告、病甚篤謹祈保護 ｜復海皋｜病甚實难唱酬、而不可重

違勤意草々和呈

26

呈　李書記海皋公　　　　金峰

才子吟毫漢代同一時班馬動雄風各天明日重相

憶只見仙槎入碧空

　奉和金峯贈別

重上禪樓與子同一蟬何処又秋風浪峯明日雲每

跡回首瑤岑月滿空　　　　　　海皋

[金][示]病中之高和誠有金石之調揮筆走龍蛇多感多

謝公莈病以来日數幾耶截瘧之藥未用耶服藥法

方如何[海皋][復]已再痛而症甚重方服柴平湯[金][示]活菴

氏療之手[海皋][復]乃医負金氏所俞也即請胗察

医員揲玄筆語　姓金名德斎字子瀾号揲玄

入江戸時　貴邦太医以素問運気皆棄之云、公亦不

之所見如何 [復金] 管見未能窮如何

信云耶、文字多簡未能窮云耶 [復金] 非以簡不能窮唯

僕管見未窮取捨如何耳 [揲] 僕生好讀医書、而終不能

通見臓腑之明、毎想高名之士一得聞見、今章奉

明公今日説話、汲破前日疑惑之斫如何 [復金] 示意実

是大義之切磋、僕亦所願也、敢不陳管見乎、今日及

暮、明日可来見 [金] 昨所約之金峯也、當医談

席上呈鄙詩一章 [復揲] 適有緊意、晢畱則當於還来

活菴筆語

問金　嘗讀李氏本草綱目人參條下、載李言聞人參傳
二卷、僕未見此書、示其大畧章甚

問金　答活　若論人參、毋過
数言而止、又何二卷之多耶此所書雖有之、不欲視
也

問李時珍韋云、人參精其書、故審問爲　答活
李氏者、
類俗非大家也

問金　李言聞者李時珍之先考著人參
傳二卷、李氏家深藏爲、故　公未見也、人參製法如何

答活　人參或蜜製、而終不如生用也

問金　今自　貴邦所將
来之參、蜜製乎生參乎

答活　生曰

問金　湯參云者如何

答活　湯參云者、採取時以熱湯浸洗曰

問金　其色如何

荅活 若不以热湯洗之、則色黒也 問金 今自 貴邦所將來

之參、热湯浸洗之外、別無製耶、殆似干修製者 荅人

參味甘小苦、有皺紋頭蘆分明形狀與凡艸木有異、

若鳳凰之飛鳥雛奴隸一見輒解之也、何有他製矣

問金 今如 公之所示則貴邦所將來者、皆湯參耶 荅活

非別有湯參熟參生參之分、初採時以热湯洗之

而已、生參之名、未嘗不在也、別無他巧法耳、惟因本

性而用之初採時例以热湯洗之耳 問金 本草曰、有薄

夫以人參先浸取汁乃晒乾復售謂之湯參如何

荅活 人二用病之品物、豈如此為虛手、且壯實之人飲

人參汁、豈不病乎、此言皆忘也、

人參用盛過麻油、
答【金】人參豈湯泡之法、

瓦鑵泡淨焙乾泡淨之義如何、

只生用、問【金】百濟人參者、形細而氣味薄於上黨如何、

不下於上黨、問【金】高麗即是遼東、形大而虛軟、不及、

答【活】百濟實然乎、答【活】地不同故然、問【金】新羅者如何、答【活】新羅、

者、即高麗豈問、問【金】公此草根為何耶、示吉野人參、

答【活】甚能似人參不能審、問【金】所產于韓邦之人參也、豈、

壞之人參採取、則如此色乎不微夭而答、

貴壞有之耶、示术、答【活】此州薔香乎、問【金】此州為何耶、百、

部壞、答【活】此是鳳尾草乎不能審也、問【金】不顧疲勞侍高遠、

根、示、公此州何名、

是天涯万里之別遺念以难堪也　僕示如　公矢一

別之後音信难通可不恨恨耶、公得間則明日更来

席上奉　活菴公　[復]　金峯

相逢池水更通神、復値郢詞離曲　新淑气自南秋末

老仙即明日乘舟人

奉酬　金峯　韻　　　　　活菴

知　君術業叶於神袖裏青囊硯石新今世誰知真

圉手可悍看作等閑人

謹呈　良医活菴趙公書

　　　　　　　　　　　金峯

嶠者日々到　儐舘、深受　眷享人々爭先而見之

僕最教誨懇懇、諭所未傳導所未及也、古不云
乎、盛世之人民、嬉遊于光天化日之下、方今　星
雲召祥、萬邦清治支華戚也、人物厚也、海外海内、
皆荅敬之交也、今年
兩邦有　盛礼之親因兹　公等逐　信使遠渡海
瀛、征旆　綠袍皆命世之才、而君子之人也、恭以
太平之　恩波、每降每極矣、如予淺才小人攀高
延得聞道也、夫習小邑而不觀　大都者未知文物
之所羡局近規而不攬宏細者未詩造化之所妙况
小人与君子乎然　公之　慱愛以予為可　教辱

授医術之深淵干逆旅干僕豈不感觸乎歷年之所
疑畫妍竆誠如大寐之頓覺也偳信 公之 德之
殷而医之精妙也 公謬稱僕医足以医国矣斬愧
汗流不知所言嗚呼 公之於吏扁之術審且盡矣
博之於文約之於実當擾 制愛因有 官命
官命 賜 良之実而遙来
桑域 公者是万世之衡鑒矣非吾侪小人之所及
也夫世之言医者多矣自軒岐以来諸子百家立言
設論豈止數十家哉雖然發明斯道以爲後世之法
者才不滿十人仲景劉張朱李耳 公兼爲 公之临

此
　都千載一遇若意有所思而不言、何時質疑干

公
　數言不顧隆於支離、不堪感佩、敢叙、唯此垂諒、

謹呈鄙言、伏祈千萬　丙照不宜

　　奉　送別
　　　　　　　　金峯

昨在秋風初渡河、聞　君明日唱離歌、對今一語兩

行淚、毎那歸舟万里波　戊辰七月

　　謹奉復　金峯百太醫

公昨日　狂臨、今又以書　来慰其情可謂至矣、不

勝忻忻、但　言辞之間、過獎至此、令人不安於心、僕

不過箕邦一府伎、論其術與文不足以齒論於古人

之万一而對稱譽窈爲　公稂然也、惠但多而在

情不在物、何其　眷念若是尤爲感二

奉和　金峯韻

楼船十二沂長河、鼓角聲中雜檣歌、更見金峯明日

去、昭前浩々万重波

呈　矩汗朴学士案下　　金峯

曲笠東移奔偉勲輔行千容孰如　君風沉自耐起

詞格康樂由來有異聞

奉次　金峯韻

麟臺每意巢奇勲天外神受付与

矩汗

君山水楼臺桑

36

佛慚彩雲笙鶴駐帆閒

呈　李書記濟菴公　　　金峯

龍節西歸万里餘、東方鳳書百扁書、詩神若吐胸中

墨海上誰傳飛美譽

奉和　金峯韻　　　　　濟菴

瑤花隨處想秦篆、滄海歸程有草書、山水炳靈陵古

意喜　君能擅鳳毛譽

奉　栁書記醉雪公　　　金峯

事已黄門發棹歌玳簪西向意如何、遥知万里歸家

日、應有攜琴阿敦和

和贈　金峯

汀雲漠々雨微々徒倚禪樓對落暉萬里流波天共
遠一詩珍重送人歸

醉雪

桑韓鏘鏗錄卷醫談　終

寬延紀元戊辰冬十一月

皇都　書林圓屋清兵衞槻印

對麗筆語
桑韓鏘鏗錄　下

여기서부터 영인본을 인쇄한 부분입니다. 이 부분부터 보시기 바랍니다.

조선후기 통신사 필담창화집
번역총서를 간행하면서

20세기 초까지 한자(漢字)는 동아시아 사회의 공동문자였다. 국경의 벽이 높아서 사신 외에는 국제적인 교류가 불가능했지만, 문자를 통한 교류는 활발했다. 중국에서 간행된 한문 전적이 이천년 동안 계속 한국과 일본을 비롯한 주변 나라에 전파되었으며, 사신의 수행원들은 상대방 나라의 말을 못해도 상대방 문인들에게 한시(漢詩)를 창화(唱和)하여 감정을 전달하거나 필담(筆談)을 하며 의사를 소통했다.

동아시아 삼국이 얽혀 싸웠던 임진왜란이 7년 만에 끝난 뒤, 조선에 군대를 파견하였던 중국과 일본은 각기 왕조와 정권이 바뀌었다. 중국에는 이민족인 청나라가 건국되고 일본에는 도쿠가와 막부가 세워졌다. 조선과 일본은 강화회담이 결실을 맺어 포로도 쇄환하고 장군이 계승할 때마다 통신사를 파견하여 외교를 회복했지만, 청나라와 에도막부는 끝내 외교를 회복하지 못하고 단절상태가 계속되었다. 일본은 조선을 통해서 대륙문화를 받아들일 수밖에 없었고, 그 방법 중 하나가 바로 통신사를 초청할 때 시인, 화가, 의원 등의 각 분야 전문가를 초청하는 것이었다.

오백 명 규모의 문화사절단 통신사

연암 박지원은 천재시인 이언진(李彥瑱, 1740~1766)이 11차 통신사 수행원으로 일본에 다녀온 지 2년 만에 세상을 뜨자, 이를 애석히 여겨 「우상전」을 지었다. 그 첫머리에 일본이 조선에 다양한 전문가들로 구성된 문화사절단을 파견해 달라고 요청한 사연이 실려 있다.

> 일본의 관백(關白)이 새로 정권을 잡자, 그는 저축을 늘리고 건물을 수리했으며, 선박을 손질하고 속국의 각 섬들에서 기재(奇才)·검객(劍客)·궤기(詭技)·음교(淫巧)·서화(書畵)·여러 분야의 인물들을 샅샅이 긁어내어, 서울로 모아들여 훈련시키고 계획을 갖추었다. 그런 지 몇 달 뒤에야 우리나라에 사신을 파견해 달라고 요청하였는데, 마치 상국(上國)의 조명(詔命)을 기다리는 것처럼 공손하였다.
>
> 그러자 우리 조정에서는 문신 가운데 3품 이하를 골라 뽑아서 삼사(三使)를 갖추어 보냈다. 이들을 수행하는 사람들도 모두 말 잘하고 많이 아는 자들이었다. 천문·지리·산수·점술·의술·관상·무력으로부터 퉁소 잘 부는 사람, 술 잘 마시는 사람, 장기나 바둑 잘 두는 사람, 말을 잘 타거나 활을 잘 쏘는 사람에 이르기까지, 한 가지 기술로 나라 안에서 이름난 사람들은 모두 함께 따라가게 되었다. 그런데 이들 가운데서도 문장과 서화를 가장 중요하게 여기지 않을 수가 없었다. 왜냐하면 그들은 조선 사람의 작품 가운데 한 글자만 얻어도 양식을 싸지 않고 천 리 길을 갈 수 있기 때문이었다.

도쿠가와 이에하루(德川家治)가 쇼군을 계승하자 일본 각 분야의 대표적인 인물들을 에도로 불러들여 조선 사절단 맞을 준비를 시킨 뒤, "마치 상국의 조서를 기다리는 것처럼 공손하게" 조선에 통신사를 요청하였다. 중국과 공식적인 외교가 단절되었으므로, 대륙문화를 받아들이기 위해 조선을 상국같이 모신 것이다. 사무라이 국가 일본에는 과거제도가 없기 때문에 한문학을 직업삼아 평생 파고든 지식인들이 적어서, 일본인들은 조선 문인의 문장과 서화를 보물같이 여겼다.

조선에서도 국위를 선양하기 위해 여러 분야의 문화 전문가들을 선발하여 파견했는데, 『계림창화집(鷄林唱和集)』이 출판된 8차 통신사 (1711년) 때에는 500명을 파견했다. 당시 쓰시마에서 에도까지 왕복하는 동안 일본인들이 숙소마다 찾아와 필담을 나누거나 한시를 주고받았는데, 필담집이나 창화집은 곧바로 출판되어 널리 읽혔다. 필담 창화에 참여한 일본 지식인은 대륙의 새로운 지식을 얻었을 뿐만 아니라, 일본 사회에서 전문가로서의 위상도 획득하였다.

8차 통신사 때에 출판된 필담 창화집은 현재 9종이 확인되었으며, 필담 창화에 참여한 일본 문인은 250여 명이나 된다. 이는 7차까지 출판된 필담 창화집을 모두 합한 것보다 훨씬 많은 수인데, 통신사 파견이 100년 가까이 되자 일본에서도 한문학 지식인 계층이 두터워졌음을 알 수 있다. 8차 통신사에 참여한 일행 가운데 2명은 기행문을 남겼는데, 부사 임수간(任守幹)이 기록한 『동사록(東槎錄)』이나 역관 김현문(金顯門)이 기록한 또 하나의 『동사록』이 조선에 돌아와 남에게 보여주기 위해 일방적으로 쓴 글이라면, 필담 창화집은 일본에서 조선과 일본의 지식인들이 마주앉아 함께 기록한 글이다. 그러기에 타인의 눈을 통해 자신의 모습을 객관적으로 볼 수 있다.

16권 16책의 방대한 분량으로 다양한 주제를 정리한 『계림창화집』

에도막부 초기의 일본 지식인은 주로 승려였기에, 당연히 승려들이 통신사를 접대하고, 필담에 참여하였다. 그 다음으로 유자(儒者)들이 있었는데, 로널드 토비는 이들을 조선의 유학자와 비교해 "일본의 유학자는 국가에 이용가치를 인정받은 일종의 전문 지식인에 지나지 않았다"고 규정하였다. 그 가운데 상당수는 의원이었으므로 흔히 유의(儒醫)라고 하는데, 한문으로 된 의서를 읽다보니 유학에도 관심을 가지게 된 것이다. 이노 작스이(稻生若水)가 물고기 한 마리를 가지고 제술관 이현과 서기 홍순연 일행을 찾아가서 필담을 나눈 기록이 『계림창화집』 권5에 실려 있다.

> 이 현 : 이 물고기는 우리나라의 송어입니다. 조령의 동남 지방에 많이 있어, 아주 귀하지는 않습니다.
> 홍순연 : 이 물고기는 우리나라의 농어와 매우 닮았습니다. 귀국에도 농어가 있는지 모르겠지만, 이것과 같지 않습니까? 농어가 아니라면 내가 아는 물고기가 아닙니다.
> 남성중 : 이 물고기는 우리나라 송어입니다. 연어와 성질이 같으나 몸집이 작으며, 우리나라 동해에서 납니다. 7~8월 사이에 바다에서 떼를 지어 강으로 올라가는데, 몸이 바위에 갈려 비늘이 다 떨어져 나가 죽기까지 하니 그 성질을 모르겠습니다.

그는 일본산 물고기의 습성을 자세히 설명하고 조선에도 있는지 물었지만, 조선 문인들은 이 방면의 전문가들이 아니어서 이름 정도나 추정했을 뿐이다. 홍순연은 농어라고 엉뚱하게 대답하기까지 하였다.

조선 문인이라면 모든 것을 알 수 있을 것이라고 기대했기에 생긴 결과인데, 아직 의학필담으로 분화되기 이전의 형태다. 이 필담 말미에 이노 작스이는 이런 기록을 덧붙여 마무리했다.

『동의보감』을 살펴보니 "송어는 성질이 태평하고 맛이 달며 독이 없다. 맛이 진기하고 살지다. 색은 붉으면서 선명하다. 소나무 마디 같아서 이름이 송어이다. 동북쪽 바다에서 난다"고 하였다. 지금 남성중의 대답에 『동의보감』의 설명을 참고하니, '鮏'은 송어와 같은 것이다. 그러나 '송어'라는 이름은 조선의 방언이지, 중화에서 부르는 이름이 아니다. 『팔민통지(八閩通志)』(줄임) 『해징현지(海澄縣志)』 등의 책에 모두 송어가 실려 있으나, 모습이 이것과 매우 다르다. 다른 종류인데, 이름이 같을 뿐이다.

기록에서 보듯, 이노 작스이는 다수의 의견에 따라 이 물고기를 '송어'라고 추정한 후, 비교적 자세한 남성중의 대답과 『동의보감』의 기록을 비교하여 '송어'로 결론 내렸다. 그런 뒤에 조선의 '송어'가 중국의 송어와 같은 것인지 확인하기 위해 중국의 여러 지방지를 조사한 후, '송어'는 정확한 명칭이 아니라 그저 조선의 방언인 것으로 결론지었다. 양의(良醫) 기두문(奇斗文)에게는 약초를 가지고 가서 필담을 시도하였다.

稻生若水 : 이 나뭇잎은 세 개의 뾰족한 끝이 있고 겨울에 시들지 않으며, 봄에 가느다란 꽃이 핍니다. 열매의 크기는 대두만하고, 모여서 둥글게 공처럼 되며, 생길 때는 파랗고, 익으면 자흑색이 됩니다. 나무에 진액이 있어 엉기면 향이 나고, 색이 붉습니다. 이름은 선인장 나무입니다. (줄임)

기두문 : 이것이 진짜 백부자(白附子)입니다.

제술관이나 서기들이 경험에 의존해 대답한 것과 달리, 기두문은 의원이었으므로 자신의 지식을 바탕으로 확실하게 대답하였다. 구지현박사의 연구에 의하면 이노 작스이는『서물류찬(庶物類纂)』이라는 박물지를 편찬하기 위해 방대한 자료를 수집·고증하고 있었는데, 문화 선진국 조선의 문인에게 서문을 부탁하여, 제술관 이현이 써 주었다. 1,054권이나 되는 일본 최대의 백과사전에 조선 문인이 서문을 써주어 권위를 얻게 된 것이다.

출판사 주인이 상업적인 출판을 위해 직접 필담에 참여하다

초기의 필담 창화집은 일본의 시인, 유학자, 의원 등 전문 지식인이 번주(藩主)의 명령이나 자신의 정보욕, 명예욕에 따라 필담에 나선 결과물이지만,『계림창화집』16권 16책은 출판사 주인이 직접 전국 각 지역에서 발생한 필담 창화 원고들을 수집하여 출판한 것이다. 따라서 필담 창화 인원도 수십 명에 이르며, 많은 자본을 들여서 출판하였다. 막부(幕府)의 어용 서적을 공급하던 게이분칸(奎文館) 주인 세오겐베이(瀨尾源兵衛, 1691~1728)가 21세 청년의 몸으로 교토지역 필담에 참여해『계림창화집』권6을 편집하고, 다른 지역의 필담 창화 원고까지 모두 수집해 16권 16책을 출판했을 뿐 아니라, 여기에 빠진 원고들까지 수집해『칠가창화집(七家唱和集)』10권 10책을 출판하였다.

『칠가창화집』은『계림창화속집』이라고도 불렸는데, 7차 사행 때의 최대 필담 창화집인『화한창수집(和韓唱酬集)』4권 7책의 갑절 규모에 해당한다. 규모가 이러하니 자본 또한 막대하게 소요되어, 고쇼모노도

코로(御書物所)인 이즈모지 이즈미노조(出雲寺 和泉掾) 쇼하쿠도(松栢堂)
와 공동 투자하여 출판하였다. 게이분칸(奎文館)에서는 9차 사행 때에
도『상한창화훈지집(桑韓唱和塤篪集)』11권 11책을 출판하여, 세오겐베
이(瀨尾源兵衛)는 29세에 이미 대표적인 출판업자로 자리매김하게 되
었다. 그러나 안타깝게도 38세에 세상을 떠나, 더 이상의 거질 필담
창화집은 간행되지 못했다.

필담창화집 178책을 수집하여 원문을 입력하고 번역한 결과물

나는 조선시대 한문학 연구가 조선 국경 안의 한문학만이 아니라
국경 너머를 오가며 외국인들과 주고받은 한자 기록물까지 연구해야
한다는 생각으로, 첫 번째 박사논문을 지도하면서 '통신사 필담창화
집'을 과제로 주었다. 구지현 선생은 1763년에 파견된 11차 통신사 구
성원들이 기록한 사행록 9종과 필담창화집 30종을 수집하여 분석했는
데, 박사학위를 받은 뒤에도 필담창화집을 계속 수집하여 2008년 한국
학술진흥재단의 토대연구에『조선후기 통신사 필담창수집의 수집, 번
역 및 데이터베이스 구축』이라는 과제를 신청하였다. 이 과제를 진행
하면서 우리 팀에서 수집한 필담창화집 178책의 목록과, 우리가 예상
한 작업진도 및 번역 분량은 다음과 같다.

1) 1차년도(2008. 7.~2009. 6.) : 1607년(1차 사행)에서 1711년(8차 사행)까지

연번	필담창화집 책 제목	면 수	1면 당 행수	1행 당 글자 수	예상되는 원문 글자 수
001	朝鮮筆談集	44	8	15	5,280
002	朝鮮三官使酬和	24	23	9	4,968
003	和韓唱酬集首	74	10	14	10,360
004	和韓唱酬集一	152	10	14	21,280
005	和韓唱酬集二	130	10	14	18,200
006	和韓唱酬集三	90	10	14	12,600
007	和韓唱酬集四	53	10	14	7,420
008	和韓唱酬集(결본)				
009	韓使手口錄	94	10	21	19,740
010	朝鮮人筆談幷贈答詩(國圖本)	24	10	19	4,560
011	朝鮮人筆談幷贈答詩(東京都立本)	78	10	18	14,040
012	任處士筆語	55	10	19	10,450
013	水戶公朝鮮人贈答集	65	9	20	11,700
014	西山遺事附朝鮮使書簡	48	9	16	6,912
015	木下順菴稿	59	7	10	4,130
016	鷄林唱和集1	96	9	18	15,552
017	鷄林唱和集2	102	9	18	16,524
018	鷄林唱和集3	128	9	18	20,736
019	鷄林唱和集4	122	9	18	19,764
020	鷄林唱和集5	110	9	18	17,820
021	鷄林唱和集6	115	9	18	18,630
022	鷄林唱和集7	104	9	18	16,848
023	鷄林唱和集8	129	9	18	20,898
024	觀樂筆談	49	9	16	7,056
025	廣陵問槎錄上	72	7	20	10,080
026	廣陵問槎錄下	64	7	19	8,512
027	問槎二種上	84	7	19	11,172
028	問槎二種中	50	7	19	6,650
029	問槎二種下	73	7	19	9,709
030	尾陽倡和錄	50	8	14	5,600

031	槎客通筒集	140	10	17	23,800
032	桑韓醫談	88	9	18	14,256
033	辛卯唱酬詩	26	7	11	2,002
034	辛卯韓客贈答	118	8	16	15,104
035	辛卯和韓唱酬	70	10	20	14,000
036	兩東唱和錄上	56	10	20	11,200
037	兩東唱和錄下	60	10	20	12,000
038	兩東唱和後錄	42	10	20	8,400
039	正德韓槎諭禮	16	10	18	2,880
040	朝鮮客館詩文稿(내용 중복)	0	0	0	0
041	坐間筆語附江關筆談	44	10	20	8,800
042	七家唱和集-班荊集	74	9	18	11,988
043	七家唱和集-正德和韓集	89	9	18	14,418
044	七家唱和集-支機閒談	74	9	18	11,988
045	七家唱和集-朝鮮客館詩文稿	48	9	18	7,776
046	七家唱和集-桑韓唱酬集	20	9	18	3,240
047	七家唱和集-桑韓唱和集	54	9	18	8,748
048	七家唱和集-賓館縞紵集	83	9	18	13,446
049	韓客贈答別集	222	9	19	37,962
예상 총 글자수					589,839
1차년도 예상 번역 매수 (200자원고지)					약 8,900매

2) 2차년도(2009. 7.~2010. 6.) : 1719년(9차 사행)에서 1748년(10차 사행)까지

연번	필담창화집 책 제목	면수	1면 당 행수	1행 당 글자 수	예상되는 원문 글자 수
050	客館璀璨集	50	9	18	8,100
051	蓬島遺珠	54	9	18	8,748
052	三林韓客唱和集	140	9	19	23,940
053	桑韓星槎餘響	47	9	18	7,614
054	桑韓星槎答響	106	9	18	17,172
055	桑韓唱酬集1권	43	9	20	7,740
056	桑韓唱酬集2권	38	9	20	6,840

057	桑韓唱酬集3권	46	9	20	8,280
058	桑韓唱和塤篪集1권	42	10	20	8,400
059	桑韓唱和塤篪集2권	62	10	20	12,400
060	桑韓唱和塤篪集3권	49	10	20	9,800
061	桑韓唱和塤篪集4권	42	10	20	8,400
062	桑韓唱和塤篪集5권	52	10	20	10,400
063	桑韓唱和塤篪集6권	83	10	20	16,600
064	桑韓唱和塤篪集7권	66	10	20	13,200
065	桑韓唱和塤篪集8권	52	10	20	10,400
066	桑韓唱和塤篪集9권	63	10	20	12,600
067	桑韓唱和塤篪集10권	56	10	20	11,200
068	桑韓唱和塤篪集11권	35	10	20	7,000
069	信陽山人韓館倡和稿	40	9	19	6,840
070	兩關唱和集1권	44	9	20	7,920
071	兩關唱和集2권	56	9	20	10,080
072	朝鮮人對詩集1권	160	8	19	24,320
073	朝鮮人對詩集2권	186	8	19	28,272
074	韓客唱和/浪華唱和合章	86	6	12	6,192
075	和韓唱和	100	9	20	18,000
076	來庭集	77	10	20	15,400
077	對麗筆語	34	10	20	6,800
078	鳴海驛唱和	96	7	18	12,096
079	蓬左賓館集	14	10	18	2,520
080	蓬左賓館唱和	10	10	18	1,800
081	桑韓醫問答	84	9	17	12,852
082	桑韓鏘鏗錄1권	40	10	20	8,000
083	桑韓鏘鏗錄2권	43	10	20	8,600
084	桑韓鏘鏗錄3권	36	10	20	7,200
085	桑韓萍梗錄	30	8	17	4,080
086	善隣風雅1권	80	10	20	16,000
087	善隣風雅2권	74	10	20	14,800
088	善隣風雅後篇1권	80	9	20	14,400
089	善隣風雅後篇2권	74	9	20	13,320
090	星軺餘轟	42	9	16	6,048
091	兩東筆語1권	70	9	20	12,600

092	兩東筆語2권	51	9	20	9,180
093	兩東筆語3권	49	9	20	8,820
094	延享五年韓人唱和集1권	10	10	18	1,800
095	延享五年韓人唱和集2권	10	10	18	1,800
096	延享五年韓人唱和集3권	22	10	18	3,960
097	延享韓使唱和	46	8	14	5,152
098	牛窓錄	22	10	21	4,620
099	林家韓館贈答1권	38	10	20	7,600
100	林家韓館贈答2권	32	10	20	6,400
101	長門戊辰問槎上권	50	10	20	10,000
102	長門戊辰問槎중권	51	10	20	10,200
103	長門戊辰問槎하권	20	10	20	4,000
104	丁卯酬和集	50	20	30	30,000
105	朝鮮筆談(元丈)	127	10	18	22,860
106	朝鮮筆談1권(河村春恒)	44	12	20	10,560
107	朝鮮筆談1권(河村春恒)	49	12	20	11,760
108	韓客對話贈答	44	10	16	7,040
109	韓客筆譚	91	8	18	13,104
110	韓人唱和詩	16	14	21	4,704
111	韓人唱和詩集1권	14	7	18	1,764
112	韓人唱和詩集1권	12	7	18	1,512
113	和韓文會	86	9	20	15,480
114	和韓唱和錄1권	68	9	20	12,240
115	和韓唱和錄2권	52	9	20	9,360
116	和韓唱和附錄	80	9	20	14,400
117	和韓筆談薰風編1권	78	9	20	14,040
118	和韓筆談薰風編2권	52	9	20	9,360
119	鴻臚傾蓋集	28	9	20	5,040
예상 총 글자수					723,730
2차년도 예상 번역 매수 (200자원고지)					약 10,850매

3) 3차년도(2010. 7.~ 2011. 6.) : 1763년(11차 사행)에서 1811년(12차 사행)까지

연번	필담창화집 책 제목	면수	1면당 행수	1행당 글자수	예상되는 원문 글자수
120	歌芝照乘	26	10	20	5,200
121	甲申槎客萍水集	210	9	18	34,020
122	甲申接槎錄	56	9	14	7,056
123	甲申韓人唱和歸國1권	72	8	20	11,520
124	甲申韓人唱和歸國2권	47	8	20	7,520
125	客館唱和	58	10	18	10,440
126	鷄壇嚶鳴 간본 부분	62	10	20	12,400
127	鷄壇嚶鳴 필사부분	82	8	16	10,496
128	奇事風聞	12	10	18	2,160
129	南宮先生講餘獨覽	50	9	20	9,000
130	東渡筆談	80	10	20	16,000
131	東槎餘談	104	10	21	21,840
132	東游篇	102	10	20	20,400
133	問槎餘響1권	60	9	20	10,800
134	問槎餘響2권	46	9	20	8,280
135	問佩集	54	9	20	9,720
136	賓館唱和集	42	7	13	3,822
137	三世唱和	23	15	17	5,865
138	桑韓筆語	78	11	22	18,876
139	松菴筆語	50	11	24	13,200
140	殊服同調集	62	10	20	12,400
141	快快餘響	136	8	22	23,936
142	兩東鬪語乾	59	10	20	11,800
143	兩東鬪語坤	121	10	20	24,200
144	兩好餘話상권	62	9	22	12,276
145	兩好餘話하권	50	9	22	9,900
146	倭韓醫談(刊本)	96	9	16	13,824
147	倭韓醫談(寫本)	63	12	20	15,120
148	栗齋探勝草1권	48	9	17	7,344
149	栗齋探勝草2권	50	9	17	7,650
150	長門癸甲問槎1권	66	11	22	15,972

151	長門癸甲問槎2권	62	11	22	15,004
152	長門癸甲問槎3권	80	11	22	19,360
153	長門癸甲問槎4권	54	11	22	13,068
154	萍遇錄	68	12	17	13,872
155	品川一燈	41	10	20	8,200
156	表海英華	54	10	20	10,800
157	河梁雅契	38	10	20	7,600
158	和韓醫談	60	10	20	12,000
159	韓客人相筆話	80	10	20	16,000
160	韓館應酬錄	45	10	20	9,000
161	韓館唱和1권	92	8	14	10,304
162	韓館唱和2권	78	8	14	8,736
163	韓館唱和3권	67	8	14	7,504
164	韓館唱和續集1권	180	8	14	20,160
165	韓館唱和續集2권	182	8	14	20,384
166	韓館唱和續集3권	110	8	14	12,320
167	韓館唱和別集	56	8	14	6,272
168	鴻臚摭華	112	10	12	13,440
169	鷄林情盟	63	10	20	12,600
170	對禮餘藻	90	10	20	18,000
171	對禮餘藻(明遠館叢書 57)	123	10	20	24,600
172	對禮餘藻(明遠館叢書 58)	132	10	20	26,400
173	三劉先生詩文	58	10	20	11,600
174	辛未和韓唱酬錄	80	13	19	19,760
175	接鮮瘖語(寫本)1	102	10	20	20,400
176	接鮮瘖語(寫本)2	110	11	21	25,410
177	精里筆談	17	10	20	3,400
178	中興五侯詠	42	9	20	7,560
예상 총 글자수					786,791
3차년도 예상 번역 매수 (200자원고지)					약 11,800매

1차년도에는 하우봉(전북대) 교수와 유경미(일본 나가사키국립대학) 교수를 공동연구원으로 하여 고운기, 구지현, 김형태, 허은주, 김용흠 박

사가 전임연구원으로 번역에 참여하였다. 3년 동안 기태완, 이지양, 진영미, 김유경, 김정신, 강지희 박사가 연구원으로 교체되어, 결국 35,000매나 되는 번역원고를 마무리하였다.

일본식 한문이 중국식 한문과 달라서 특히 인명이나 지명 번역이 힘들었는데, 번역문에서는 독자들이 읽기 쉽도록 한국식 한자음으로 표기하고, 첫 번째 각주에서만 일본식 한자음을 표기하였다. 원문을 표점 입력하는 방법은 고전번역원에서 채택한 방법을 권장했지만, 번역자마다 한문을 교육받고 번역해온 과정이 다르기 때문에 재량을 인정하였다. 원본 상태를 확인하려는 연구자를 위해 영인본을 뒤에 편집하였는데, 모두 국내외 소장처의 사용 승인을 받았다.

원문과 번역문을 합하여 200자 원고지 5만 매 분량의『조선후기 통신사 필담창화집 번역총서』를 12,000면의 이미지와 함께 편집하고 4차에 나누어 10책씩 출판하는 과정이 복잡하고 힘들었기에, 연세대학교 정갑영 총장에게 편집비 지원을 신청하였다.『조선후기 통신사 필담창수집 번역본 30권 편집』정책연구비(2012-1-0332)를 지원해주신 정갑영 총장에게 감사드린다.

『조선후기 통신사 필담창화집 번역총서』를 편집하는 과정에 문화재청으로부터『통신사기록 조사 및 번역, 데이터베이스 구축』연구용역을 발주받게 되어, 필담창화집을 비롯한 통신사 관련 기록을 세계기록유산으로 등재하는 작업에 참여하게 된 것도 기쁜 일이다. 통신사 관련 기록들이 모두 데이터베이스로 구축되어 국내외 학자들이 한일문화교류, 나아가서는 동아시아문화교류 연구에 손쉽게 참여하게 된다면『통신사 필담창화집 번역총서』의 사명을 다하는 것이라고 생각한다.

조선후기 통신사가 동아시아 문화교류 연구에 중요한 이유는 임진왜란 이후에 중국(청나라)과 일본의 단절된 외교를 통신사가 간접적으로 이어주었기 때문이다. 통신사 필담창화집 번역총서 60권 출판이 마무리되면 조선후기에 한국(조선)과 중국(청나라) 지식인들이 주고받은 척독집 40여 권도 데이터베이스로 구축하여, 일본에서 조선을 거쳐 청나라로 이어지는 '동아시아 문화교류의 길' 데이터베이스를 국내외 학자들에게 제공하고자 한다.

▌ 김형태(金亨泰)

연세대학교 국어국문학과, 연세대학교 대학원 국어국문학과 졸업. 문학박사.
연세대학교 국학연구원 연구교수 역임.
현재 경남대학교 문과대학 국어국문학과 조교수.
저서로는『대화체 가사의 유형과 역사적 전개』(소명출판, 2009),
『통신사 의학 관련 필담창화집 연구』(보고사, 2011) 등이 있다.

조선후기 통신사 필담창화집 번역총서 32
對麗筆語・桑韓鏘鏗錄 下

2017년 6월 23일 초판 1쇄 펴냄

역 자 김형태
발행인 김흥국
발행처 도서출판 보고사

등록 1990년 12월 13일 제6-0429호
주소 경기도 파주시 회동길 337-15 보고사 2층
전화 031-955-9797(대표), 02-922-5120~1(편집), 02-922-2246(영업)
팩스 02-922-6990
메일 kanapub3@naver.com / bogosabooks@naver.com
http://www.bogosabooks.co.kr

ISBN 979-11-5516-677-2 94810
        979-11-5516-055-8 (세트)
ⓒ 김형태, 2017

정가 20,000원